KB243804

鬼幻無敵

危幻無敵

귀환무적

BBULMEDIA ORIENTAL FANTASY

금훈 신무협 장편 소설

[네 놈 눈에 내가 보이는 모양이구나.]

노인이 다시 말했다. 소년은 대답 대신 몽둥이를 덜컥 떨었다. 그러자 노인이 들릴 듯 말 듯 웃더니 그의 귀에 의미를 알 수 없는 읊조림과 함께 무언가를 쏟아붓기 시작했다.

[이건 소리와 함께 문의 반쪽이 뜯긴 데 당아올림니다.]

4

〈완결〉

뿔미디어

目次

第二十一章
그것은 어째서

"이상하군요."

소야는 들으라는 듯 그렇게 말했다. 육장로가 인상을
쓰면서 말을 받았다.

"뭐가 말입니까?"

"모두들 태도가 이상하다는 말입니다."

"무슨 말씀이신지……?"

"음혼구귀초래법이라는 것이 그렇게나 대단합니까?"

소야는 따지듯 물었다.

육장로는 그제야 상황을 이해했다. 젊은 후개는 지금
상황이 마음에 들지 않는 것이다. 어찌되었든 백도이고,
정파를 표방하는 개방에서 이렇게 음험한 술수까지 써 가

며 음혼구귀초래법을 얻으려 하는 것이 마음에 들지 않아
서 그렇게 묻는 듯했다.

후개는 어린 나이답게 자기 자리에 대한 책임감을 망각
하는 경향이 있었다.

육장로는 연장자로서 치기 어린 후개에게 가르침을 주
기로 결정했다. 그것이 개방의 미래에도 도움이 될 것이
다.

"후개는 아직 어려서 모르시겠지만……."

"아니, 저도 압니다. 혈천이라는 자가 얼마나 대단했는
지는 기록으로도 봤고, 그자가 박살냈다는 바위며 하는 것
들도 보았습니다."

육장로는 자기 말이 끊어졌지만 신경 쓰지 않았다. 연
장자의 미덕에는 관용이 필수니까.

"그러니 모두들 당연히 그 무공을 얻으려 하는 것이 아
니겠습니까?"

"그러니 제가 더 이해할 수 없습니다. 그게 강하기 때
문에 더욱더요."

육장로는 그 말에서 의아함을 느꼈다. 그는 눈을 찌푸
리며 반문했다.

"그게 무슨 말씀이십니까?"

"그 무공이 말처럼 그렇게 굉장하다 하여도, 그 구결이
나 수련법을 얻는 것만으로 그만큼의 위력을 발할 수 있

을 리 없지 않습니까? 또한 혈천 이후 삼백 년이 지났는데, 혈천만 한 수위에 올라 강호를 떠들썩하게 한 사람은 하나도 없었습니다. 안 그렇습니까? 그렇다면 그만큼 성취를 보이기 힘들다는 이야기 아니겠습니까?"

소야는 조금 흥분한 듯 말이 빨라졌다. 육장로는 예상보다 많이 격렬한 소야의 반응에 움찔했다.

"그거야……."

"거기다 지금 그걸 원하는 분들의 면면을 보십시오. 스승님을 비롯해 팽장로님, 무장로님 모두들 어느 정도 자기 무공을 이루신 분들입니다. 대체 무엇이 아쉬워서, 그것이 있다면 어떤 경지를 볼 수 있기에 모두들 그걸 원한다는 말씀입니까?"

"그, 그분들은 사사로이 원하는 것이 아니라 어디까지나 개방의……."

소야는 육장로의 변명 비슷한 말을 자르고 들어왔다.

"정말 그렇게 생각하십니까?"

단호한 눈빛으로 소야가 육장로를 쏘아보았다.

"그것은……."

육장로는 할 말이 없었다.

실제로 음혼구귀초래법을 아는 자들은 모두 방 내에서 입지가 굳고, 나이도 많은 자들뿐이었다.

장로 중에서도 젊은 축인 육장로도 흥미는 있었지만,

이렇게까지 해서 그 무공을 얻고자 하지는 않았다.

아직 개방의 무공도 제 위력이 잘 안 나온다고 생각하는 경우가 왕왕 있었던 것이다. 새로이 무공을 배울 여유는 없었다.

"거기다 사건의 시작을 생각해 보십시오. 혈문은 음혼구귀초래법을 원해서 귀문을 습격했습니다. 그들도 이 무공을 원하고 있다는 거죠. 아니, 그들은 우리보다 더욱 원하고 있다고 보면 되겠지요. 그런데 혈문은 처음 어떻게 세력을 확대했습니까? 그들은 분명히 혈천을 이긴 개파조사를 앞세우지 않았습니까?"

"그, 그랬지요."

육장로는 소야가 갑자기 다른 쪽으로 이야기를 돌리자 더욱 당황했다.

"개파조사가 없앤 자의 무공을 원한다는 것이 말이 된다고 생각하십니까?"

"혈천과 일대일로 상대한 것이 아니지 않습니까. 벽력탄도 쓰고 독도 쓰고 하여 간신히 이긴 것이니 더욱 그걸 원할지도……."

육장로는 말을 하면서도 자기 말이 그리 설득력이 없다고 생각했다.

"그렇지요. 하지만 생각해 보세요. 혼자의 힘으로 천하일통은 불가능합니다. 그러면 천하일통에 가장 가까운 문파에서 그걸 얻으려 이런 모험까지 한다는 것이 가능하다고 봅니까? 그것도 문주가 직접 나서서?"

"혈문이 천하일통을 한 것은……."

입을 다물고 있을 수가 없어서 말을 하고 있기는 하지만 육장로는 이 자리를 벗어나고 싶었다. 소야의 말은 핵심을 찌르고 불편한 진실을 드러냈다.

그러나 소야는 멈추지 않았다.

"본 방의 전력을 기울이면 혈문을 꺾을 수 있습니까? 이미 혈문을 단독으로 상대할 문파는 없습니다. 그들의 세력은 곳곳에 퍼져 있어요."

육장로는 이제 소야의 시선을 피했다.

소야는 숨을 고르더니 다시 말을 계속했다.

"그런 문파에서 삼백 년 전에 실전된 무공이 나타났다고 알자마자 그걸 얻으려 달려듭니다. 좀 이상하지 않습니까?"

"그토록 강한 무공이니 천하일통에 방해가 된다고 생각할지도……."

육장로의 목소리는 이제 기어들어 가는 수준이 되었다.

"방해가 된다면 없애든지 할 일이지 얻으려는 것은 왜입니까? 이것은 분명히 조직을 이끄는 수장이 원하는 것이 아니라 그 수장이라는 직위에 있는 개인이 원하는 것입니다."

육장로는 소야를 힐끗 보았다. 항상 보던 실실거리는 얼굴이 아니라 굳건한 의지와 열정이 보이는 얼굴이었다.

약간의 침묵이 생겨났다. 육장로는 그 침묵에 숨이 막힐 지경이었다.

먼저 입을 연 쪽은 이번에도 소야였다.

"또 이상한 건 뭔지 아십니까?"

육장로는 고개를 저었다.

소야는 열정적으로 말을 계속했다.

"그런데 정작 귀문의 무사도 음혼구귀초래법이 어떤 무공인지 잘 모른다는 겁니다. 그도 실제로 그 무공이 시전되는 것은 딱 한 번 보았다는 겁니다. 그러니까 실제로 음혼구귀초래법은 그동안 귀문에 전승되지 않았다는 거지요. 그런데도 문주는 그게 음혼구귀초래법이라고 단숨에 알아보았습니다. 어떻게 가능할까요?"

육장로는 머리가 복잡해졌다. 소야의 말을 들으면 들을수록 의문이 중첩되었다.

"전승된 다른 경로가 있는 데다 한눈에 알아볼 수 있는 특징, 엄청난 위력, 그런데도 지금까지 성취한 자는 적었습니다. 분명히 그 무공에는 말도 안 되는 비밀이 숨어 있습니다. 단순히 강한 무공이 아닐 겁니다."

소야는 더 이상 말을 하지 않았다. 하지만 그 얼굴에는 어떻게 해서든 그 비밀을 밝혀내겠다는 의지가 드러났다.

"소형제, 소형제. 일어나 봐."

아환은 어쩐지 상황이 낯설지 않다고 생각했다.

하지만 누군가가 쓰러져 있는 자기를 깨워주는 상황이란 건 그리 생각하고 그냥 넘어갈 상황만은 아니었다.

"그자들은 어찌되었습니까?"

아환은 벌떡 몸을 일으키며 물었다.

대답이 돌아오기 전에 주위를 둘러보자 근처에 흑의인들의 시체는 없었다.

"그자들은 본좌가 다 쓰러트렸지. 소형제는 몸이 아프니 여기서 누워 있어. 본좌는 누님들을 찾아볼게. 누님들이 있으면 몸도 금방 나을 거야."

계무득은 그렇게 말하며 일어났다.

"아니, 저도……."

아환은 급히 그를 따라 몸을 일으키다가 태을과 눈이 마주쳤다.

"응?"

저도 모르게 그렇게 말한 아환은 다시금 주위를 둘러보았다.

태을이 둥실 떠 있고, 계무득이 무슨 일인가 하여 자기를 보고, 그 근방에는 팔이며 다리며 하는 것들이 떠다녔다.

평소처럼 귀(鬼)가 보였다.

"태을 어르신?"

아환은 태을에게 말을 걸었다.

어찌 된 상황인지 일단 알아야 했다. 계무득보다야 태을이 도움이 되는 것은 당연한 일이었다.

[이놈 봐라?]

태을은 고개를 갸웃하더니 명치쯤을 축으로 한 바퀴 뱅그르르 돌았다.

[이제 몸이 멀쩡해진 게냐?]

"제가 묻고 싶은 말입니다. 어찌된 겁니까?"

[그걸 내가 알겠느냐?]

"뭐가?"

계무득이 끼어들었다. 아환은 계무득에게 웃어 보이고는 태을과 대화를 계속했다.

"제 몸이 회복된 거 말입니다."

[그걸 남한테 묻는 걸 보니 아직 정신이 안 돌아온 게로구나?]

태을이 장난스레 대꾸했다. 아환은 그 말을 듣고 자기 몸을 살폈다.

상처가 모두 나아 있었다.

"상처가……."

아환이 놀라서 중얼거렸다. 계무득도 그 말을 듣고 아환의 몸을 살폈다.

"어라? 소형제 어찌 된 거야?"

계무득이 눈을 휘둥그레 뜨며 물었지만, 아환이라고 알리 없었다.

단지 알 수 있는 것은 몸이 이전과 같아졌다는 것. 아니, 이전보다 더욱 쌩쌩해졌다는 것 정도였다.

"환골탈태(換骨奪胎)……."

아환이 문득 떠오르는 단어를 중얼거리고는 혼자 웃었다. 스스로 생각하기도 어처구니가 없었던 것이다.

"환골탈태? 정말이야? 소형제는 환골탈태를 한 거야? 보기엔 똑같은데?"

아환은 호들갑스럽게 반응하는 계무득에게 조심스레 말했다.

"모르겠습니다."

[환골탈태 맞다. 그걸 환골탈태라 안 부르면 뭘 환골탈태라 부를꼬. 에잉.]

태을은 못마땅한 얼굴로 그렇게 말했다.

"무슨 말씀입니까?"

[환골탈태라는 건 사람들이 얘기하듯 굉장한 것만은 아니다. 하지만 네 경우는 이야기꾼들이 좋아할 상황이긴 하

구나.]

태을은 얘기하면서 등뼈를 중심으로 빙글빙글 돌고 있어서 아환은 눈을 맞출 수가 없었다. 계무득은 그 주위를 빙글빙글 돌면서 물었다.

"늙은이. 무슨 소리야? 환골탈태는 굉장한 거잖아."

태을은 갑자기 돌던 것을 딱 멈추었다.

계무득도 그를 따라 멈추자 태을이 물었다.

[환골탈태가 뭐라고 생각하느냐?]

"환골탈태? 환골탈태는 그런 거 아냐. 거기, 그, 어라? 응. 몸이 강해지는 거. 주름도 펴지고 이도 새로 나고 머리카락도 검어지고, 그런 거."

계무득은 조금 당황하는가 싶더니 말을 쏟아내었다.

태을은 그 말을 듣고는 고개를 천천히 끄덕였다. 하지만 아환은 그 말이 맞다고 생각하지는 않았다. 하지만 틀렸다고 말할 수도 없었다.

[그런 것이냐?]

태을이 한마디 던지자 아환은 더욱 망설이게 되었다.

"응? 늙은이. 뭐 다른 게 있는 거야?"

계무득은 흥미가 이는 듯 눈을 빛내며 계속 물었다.

하지만 태을은 그저 눈을 감고 다시 천천히 돌 뿐이었다.

아환도 눈을 감았다.

눈을 감자 스스로의 몸이 조금 더 가까이 느껴졌다.

계무득은 둘이서 눈을 감고 있는 걸 보더니, 자기도 바닥에 털썩 주저앉아서 눈을 감았다.

아환은 눈을 감고 몸 안으로 들어갔다.

이전과는 확실히 달랐다. 온갖 기운이 섞이고 뭉쳐져서 제대로 움직이지 않았는데, 그것들이 하나로 되었을 뿐만 아니라, 아주 매끄럽고 활기차게 흘렀다.

[주(周) 나라 영왕(靈王)에게 아들이 하나 있었는데, 이름을 왕자교(王子喬)라 했다. 그자는 아버지에게 직간(直諫)을 많이 하여 아버지의 눈 밖에 났지. 결국 평민으로 폐위(廢位)되고 말았다.]

태을은 옛날이야기처럼 말을 시작했다. 아환은 그 이야기를 들으며 천천히 토납(吐納)했다. 몸 전체의 기운이 마음먹은 대로 움직여 마치 실체가 있는 육신(肉身)을 움직이는 것 같았다.

계무득은 눈을 반짝 떴다가 태을과 아환이 여전히 눈을 감고 있자 퍼뜩 다시 눈을 감았다.

[헌데 그자는 번잡한 세상을 마다하고 술을 좋아하여, 강가에서 술을 마시며 소일했다고 한다. 어느 날 강에서 뱃놀이를 하고 있는데 상류에서 꽃으로 화려하게 장식한 배가 떠내려 왔다. 무슨 일인가 하여 보니, 거기에 일곱 명의 도사(道士)가 타고 있었다 한다.]

"도사? 무당의 말코인가?"

계무득이 눈을 뜨더니 끼어들었다. 태을은 고개를 저었다.

[그때는 아직 태상노군(太上老君)의 가르침이 널리 퍼지기 전이었다.]

"태상노군? 아. 그 사람이 제일 높은 사람이지?"

계무득은 자기도 잘 안다는 얼굴로 대답했다. 태을은 고개를 끄덕이고는 계속 말했다.

[그 도사들 중에 한 명이 왕자교를 끌어 올려 배에 태우더니 술병을 하나 가져왔다. 그런데 이상한 것이 왕자교가 따르면 그 술병에서 술이 한 방울도 나오지 않고 도사가 따르면 끝도 없이 술이 흘러나왔던 것이다.]

"도술이다!"

계무득은 신기한 듯 소리쳤다. 아환은 그 이야기를 들으며 계속해 몸의 기운을 움직였다. 마음이 움직이는 대로 기운이 움직여서 거칠 것이 없었다.

태을은 천천히 돌면서 계속해 말했다.

[왕자교는 이상한 생각이 들어 도사에게 물었다. 어째서 내가 따르면 술이 나오지 않는가 하고. 그러자 도사가 말하길, 이 술은 선골(仙骨)이 없는 자는 따를 수 없다 했다.]

계무득은 몸을 기울여 흥미진진한 얼굴로 들었다.

[인간은 태어나 속세(俗世)에서 도(道)를 멀리하고 화기(火氣)를 접한 것을 먹고 살게 되면 뼈가 속세에 찌들어 속골(俗骨)이 되고, 도를 이루려 노력하지 않으면 범태(凡胎)를 벗을 수가 없다. 그 술은 도를 이루어 뼈를 바꾸고 태어난 그대로의 껍데기를 벗은 자들을 위한 술이었던 것이지.]

태을은 거기서 말을 잠깐 끊었다. 계무득은 고개를 갸웃갸웃 하다가 물었다.

"그래서?"

[선골이 있는 자들을 위한 술이니, 선골이 없는 자가 마실 수 없는 것인데 왕자교는 그 술을 계속 마셨으니, 말이 안 되지 않느냐. 그래서 그 술을 계속해 마시고 결국 선골을 얻고 환골탈태를 했다. 후에는 신선(神仙)이 되었다고 한다.]

"그게 끝이야?"

계무득은 뭐가 뭔지 모르겠다는 얼굴로 말했다.

[환골탈태란 것은 본시 그런 것이다. 신선이 되기 위한 준비. 부단한 노력으로 이루어야 하는 것이나, 누군가는 쉬이 도달하는 것. 그야말로 도(道)가 이루어지는 현묘(玄妙)함이란 것이지.]

태을은 거기까지 말하고는 한숨 비슷한 것을 내쉬고는 눈을 뜨고 아환을 바라본 채로 멈췄다. 아환은 그 시선을 느끼고는 눈을 떴다.

"기억이 나지 않습니다. 어떻게 해서 제가 깨어난 것인지. 제가 무엇을 한 것인지."

[그 또한 자연(自然). 환골탈태란 한 번으로 끝나는 것도 아니고 무어라 말할 수 있는 것도 아니다.]

"적어도 아직 신선은 아닌 것 같으니 모른다고 하여 이상할 것은 아닌 거군요."

야환은 묘하게 침착한 자신이 이상하다고도 생각하며 그렇게 말했다.

일단 이대로도 괜찮다. 속으로 그렇게 되뇌며 태을을 쳐다보았다.

태을은 다시 눈을 감고 대답했다.

[스스로 자신을 알게 된다면 그것은 한 꺼풀 벗은 것이 아니겠느냐.]

"응? 소형제. 무슨 말이야? 본좌는 잘 모르겠어."

계무득이 얼떨떨한 얼굴로 물었다.

[육신이 노쇠하였으되 혼백이 아직 어리니 이 또한 도에 가깝다. 계 늙은이는 걱정하지 말라.]

태을은 근엄한 표정으로 말했지만, 계무득은 전혀 못 알아들은 얼굴이었다.

"그래서 환골탈태가 어떤 거란 거야?"

"별 거 아니란 겁니다."

아환이 대신 대답했다.

[그렇지. 그래.]

태을은 번쩍 눈을 뜨며 반가운 얼굴로 그 말을 받았다.

"환골탈태라는 것은 부단한 노력으로 스스로를 바꾸었다는 것. 그로 인해 육체가 변한다거나 하는 것은 결국 부수적인 것일 뿐입니다. 제가 기억하지 못하는 깨달음으로 인해 육체가 바뀌고 몸에 기운이 잘 돌기는 하나, 그것보다는 기억하지 못하는 깨달음 쪽이 더 중요하고, 도(道)를 깨우치지 못하면 그것들은 아무런 의미가 없습니다."

[그렇다. 녀석, 완전히 못 쓸 녀석은 아니로구나.]

태을은 만족스럽게 고개를 끄덕이며 아환을 칭찬했다.

"별 게 아니라고?"

계무득은 여전히 못 알아들은 얼굴이었지만, 아환은 말을 돌렸다.

"네. 별 게 아닙니다. 제가 쓰러진 지 얼마나 지난 겁니까?"

계무득은 잠깐 생각하더니 대답했다.

"에, 한두 시진 정도야."

아환은 그 정도라면 충분히 따라잡을 수 있을 거라고 생각했다. 곤과 장삼 일행이 어디까지 갔을지는 모르겠지만, 일단 그쪽 방향으로 간다면 어떻게든 될 거라 생각했다.

"저는 이제……."

아환은 계무득에게 인사를 하려 했다. 그때, 묘한 감각
이 느껴졌다.

"응?"

살기도 공포감도 아닌 처음 느껴보는 감각.

아환은 저도 모르게 그쪽 방향을 쳐다보았지만, 아무것
도 보이진 않았다.

[뭐냐?]

"아니, 아닙니다. 저쪽 방향에서 묘한……."

거기까지 말할 때였다.

쾅!

작은 소리였지만 확실히 들렸다.

[벽력탄?]

태을이 그 소리를 알아듣고 외쳤다.

"벽력탄?"

계무득은 눈이 휘둥그레지더니 소리쳤다.

"저, 저쪽이면 누님들이 간 쪽이야!"

아환은 계무득이 말하는 누님들이 누군지 퍼뜩 떠올랐
다.

곧바로 그가 움직였다.

"소형제! 같이 가!"

계무득은 한 발 뒤에서 따라왔다. 아환은 몸이 가볍다는 것을 느꼈다. 발에 힘을 줄 때마다 풍경이 뒤로 쑥쑥 밀렸다.

그 뿐만이 아니었다. 한 발 앞의 땅이 손 안에 든 물건처럼 속속들이 보였다. 어디를 짚어야 할지, 어디를 밟고 어디를 뛰어넘어 어디에 내려앉아야 할지도 한 발 앞서 나타나는 듯했다.

누군가 밟을 곳마다 표시를 해주는 느낌이었다.

[새는 누가 길을 알려주지 않아도 바람을 타고, 물고기는 보이지 않아도 그물을 피한다.]

태을은 가부좌를 튼 상태로 아환의 옆을 날면서 그렇게 말했다.

아환은 대충 알 거 같았다.

본래 내기(內氣)는 외기(外氣)를 빨아들여 속에 쌓아둔 것일 뿐, 결국 하나의 흐름이다. 그렇다면 자유로이 내기를 움직일 수 있게 된 지금, 외기를 알아채고 거기에 맞춰 몸을 움직인다는 것은, 숨 쉬듯 자연스러운 일일 것이다.

아환은 거기까지만 생각했다.

이미 소리가 난 곳에 거의 도착해 있었다.

아환과 계무득은 속도를 줄이고, 몸을 숙여 상황을 살폈다.

개방, 소림, 무당, 청성, 화산, 점창, 남궁세가 어디서 왔는지도 알아볼 수 없는 수많은 무인들이 서로 엉켜 흑의인들과 싸우고 있었다.

"하아!"

쩌렁쩌렁한 고함 소리가 들리며 검이 아래로 내려꽂혔다. 실제로는 검극이 호를 그리며 한 자 반 정도를 움직인 것이 다였지만, 주위에서 보는 사람 모두가 하늘에서 번개가 내려와 땅에 꽂히는 것 같은 느낌을 받았다.

한 박자 늦게 그 검과 마주하고 있던 흑의인 여섯이 산산조각 났다. 말 그대로 산산조각이 나서 마치 정육점에 쌓인 고기 더미 같은 꼴이 난 것이다. 그런데도 검에는 피한 방울도 묻지 않았다.

그런 신기라 할 만한 재주를 보인 자는 남궁가의 가주, 남궁휘였다.

단순히 한 번 베는 것처럼 보이지만, 실은 눈에 보이지도 않을 정도로 무수한 공격을 날려 상대를 난도질 하는 것이다.

바로 그 기술이 그의 명호를 만들었다. 처음에는 일뢰천격(一雷千擊)이었으나, 그가 가주의 자리에 오르자 아첨하기 좋아하는 자들이 千자를 天으로 바꾼 것이다.

남궁휘는 상대하던 자들이 모두 산산조각 난 것을 확인

하고는 흑의인들이 모인 다른 곳으로 몸을 날렸다.

"오오! 역시 일뢰천격!"

"가주님을 따라라!"

근처의 다른 무사들이 그를 따라 움직였다. 그 근방 흑의인들의 기세가 한풀 꺾이는가 싶더니, 거기에 양손에 방천극(方天戟)을 든 거한이 뛰어들었다. 수염이 두 자는 되어 보였는데, 피가 묻어 번들거렸다.

"나 쌍룡혈우(雙龍血雨)와 겨루어 볼 자가 있느냐!"

쌍룡혈우 형민우는 기세등등하게 소리쳤다.

아닌 게 아니라 양손에 극을 들고 휘두를 때마다 주위 백도 무림인의 사지가 떨어져 나가고 피가 튀는 것이, 마치 두 마리 용이 피를 뿌리고 다니는 것 같았다.

"너 같은 잡배 상대는 나 정도 무명소졸(無名小卒)이 제격이지!"

그 앞에 소리치며 나타난 남자는 왜도(倭刀)를 양손에 들고 있었는데, 묘하게도 옷의 좌우가 다른 색이었다. 한쪽은 붉은색, 다른 한쪽은 파란색이었고, 등에는 석 자 높이의 깃발을 짊어졌는데, 그것 또한 한쪽은 검은 색, 한쪽은 흰색으로 색이 달랐다.

"이놈! 네놈이 이색기(二色旗) 불마(不魔)렸다! 잘 만났다!"

형민우는 노호하며 방천극을 하나는 종으로 휘두르며,

하나는 찔렀다. 두 손으로 쓰게 되어 있는 장병기(長兵器)를 각각 한 손으로 끝을 잡고 서로 다른 방향으로 공격하다니, 보통 사람은 상상하지도 못할 사용 방법이었다.

하지만 받아치는 불마 또한 자기 입으로 무명소졸이라 하였지만 보통 상대는 아니었다.

왜도를 쓰는 불마라고 하면 그 독특한 차림새뿐만 아니라, 몸의 회전을 이용한 절묘한 공방 일체의 왜도술로 명망이 높았던 것이다.

"하!"

가벼운 기합을 내지르며 불마는 몸을 빙글 돌렸다.

찔러 들어오는 방천극을 왼손에 든 도로 얽고, 오른손에 든 도로 휘두르는 방천극을 살짝 빗나가게 하여 바닥으로 밀었다.

동시에 축을 형민우 쪽으로 움직여 한 바퀴 더 돌며 품으로 파고들려 했다.

그리 되면 자루가 긴 방천극을 든 형민우는 공격할 방법이 없는 것이다. 하지만 일은 그리 간단하지 않았다.

"어딜!"

여자의 외침 소리가 나며 비수가 불마에게 날아들었다.

불마는 형민우를 공격하려던 오른손으로 비수를 튕겨내며 더욱 밀착하려 했다. 그러면 공격이 쉽지 않으리라는 생각에서였으나 오산이었다.

비수를 튕겨내느라 한 호흡 늦은 사이 형민우는 방천극을 짧게 쥐어 공격 간격을 줄이고 불마의 머리를 향해 내려친 것이다.

불마는 어쩔 수 없이 바닥을 굴러 피할 수밖에 없었다. 그 와중에 불마의 깃발이 둘 다 부러져 버렸다.

"우하하하! 이제는 이색기가 아니로구나!"

형민우는 웃으며 방천극을 다시 길게 잡았다. 그 옆으로 아까 비수를 던진 여자가 다가와 섰다.

한쪽 손에는 가시투성이 방패를 들고, 한쪽 손에는 비수를 든 그녀는 흑망갑(黑芒鉀) 취월영으로, 형민우의 부인이었다.

"이런 무명소졸에게 둘이나 덤비다니, 역시 혈문의 잡것들이란 어쩔 수가 없구나."

불마는 비웃듯 말하며 왜도 두 자루를 서로 교차하듯 몸 앞에 두어 자세를 잡았다.

말은 그리했지만 그는 상당히 긴장하고 있었다. 형민우 한 명이면 모를까 취월영까지 가세한 상황에서는 상대가 힘들었다. 그때 위에서 건들건들한 목소리가 들렸다.

"바빠 보이잖나. 어때? 황월루에서 홍주 두 병을 사겠다면 내 도와주지."

셋 모두 잠깐 그쪽을 쳐다보자 이 장은 됨직한 창대 끝에 올라서 있는 남자가 보였다.

불마는 씨익 웃으며 말을 받았다.

"지난번 주사위 놀음에서 나한테 홍주 마흔 병을 빚진 걸 잊었나?"

"어이쿠. 술에 취해서 내 옷을 찢은 건 기억 안 난다더니 그건 기억이 나나보군."

창대 끝에 선 남자는 건들거리며 말했다.

취월영은 그가 고개를 흔드는 틈을 타 비수를 날렸다.

두 명이 힘을 합치는 걸 막을 요량이었지만, 비수는 허무하게 허공을 갈랐다.

그 남자는 창대를 활처럼 휘어 비수를 피해 내고는 창대가 다시 펴지는 힘을 이용해 바닥에 박혀 있던 창끝을 튕겼다.

취월영은 그 창대 끝을 방패로 막았지만, 가녀린 여자의 몸이라 발이 허공에 떠버렸다.

허공에서는 어쩔 수 없이 자세가 흐트러진다. 그 틈을 놓치지 않고 남자가 취월형의 머리를 노렸다. 남자의 창은 양 끝에 모두 날이 달려 있었던 것이다.

"하!"

형민우가 방천극을 휘둘러 공중에 뜬 취월형을 밀어내었다. 그 덕에 남자의 공격은 허사로 돌아갔다.

"이거, 꽤 하는 작자들이구만."

남자는 창끝을 천천히 돌리며 여전히 건들거리는 목소리로 말했다. 하지만 얼굴은 진중했다.

"이색기에 백학공자(白鶴孔子)라……. 여보, 우리 부부가 또 출세를 하려나 보오."

"이를 말인가. 내 상을 받으면 우리 부인에게 새 가락지를 사 주지."

형민우와 취월형은 농짓거리를 하듯 이야기를 주고 받았지만, 눈은 앞의 둘에게서 떠나질 않았다. 만만찮은 상대가 아니었다.

그때 그들의 뒤에서 노인의 목소리가 들렸다.

"상대에 집중하는 건 좋은 습관이야."

다음 순간, 형민우의 가슴팍에서 칼이 튀어나왔다.

"여……!"

취월형은 깜짝 놀라 형민우를 불렀지만, 말을 끝까지 하지 못했다. 그녀의 가슴에서도 칼이 튀어나와 있었다.

"흑백쌍옹(黑百雙翁)!"

장창을 든 백학공자가 눈살을 찌푸리며 소리쳤다.

취월형과 형민우 부부가 눈앞의 상대에게 정신이 팔린 사이 흑백쌍옹이라고 불리는 두 노인이 그 등 뒤로 돌아가 기습을 한 것이다.

별호 그대로 똑같은 얼굴에 옷 색깔만 흑색과 백색으로

맞춰 입은 두 노인은 마뜩찮은 얼굴로 말했다.

"뭔가? 지금 여기가 자네들 이름 높이라고 마련해 준 자린 줄 아나? 이러는 와중에도 무림동도들이 상하고 있다는 걸 알아야지!"

"이래서 애송이들은……."

불마는 순간 울컥했지만 상대가 배분이 높은 데다가 말 자체가 틀린 것은 아니라 참을 수밖에 없었다. 하지만 인사를 할 마음까지는 도저히 안 들었기 때문에 인사도 없이 친구와 함께 그 자리를 떴다.

"에잉. 애송이들이란."

검은 옷을 입은 노인 쪽이 못마땅한 얼굴로 그리 말하며 자기 등을 노리는 흑의인의 검을 막자, 흰 옷을 입은 노인이 맞장구치며 그자의 목을 쳤다.

"그러게."

푹!

흰 옷을 입은 노인은 찡그린 표정 그대로 자기 가슴을 내려다보았다. 화살촉이 가슴을 뚫고 튀어나와 있었다. 검은 옷을 입은 노인이 놀라 주위를 둘러보았지만, 다음 순간 그의 목에 화살이 박혔다.

아환은 몸을 숙이고 상황을 살폈다.

영웅대회에 모여 있던 백도 무림인들과 혈문 간의 싸움

이란 건 뻔한 일이었다.

굳이 자신이 그 싸움에 끼어들 필요는 없었다. 신경 써야 할 것은 귀문의 일행이나 서은령, 초연 등이 여기 말려들지 않았나 보는 거였다.

"누님이다!"

계무득이 소리쳤다. 아환은 계무득이 가리킨 방향을 바라보았다.

흑의인들이 둘러싸고 있는 가마가 둘 있고, 그 앞에 남자 하나가 팔짱을 낀 채 서 있는 것이 보였다.

아환은 주먹을 움켜쥐었다.

그 얼굴은 확실히 아는 얼굴이었다.

장무를 잡아간 그 얼굴, 죽일 가치도 없다는 듯 자신을 버려두고 간 그자였다.

[저자는 보통 작자가 아니군.]

태을이 적월호를 보고 긴장된 얼굴로 말했다. 계무득은 바로 뛰쳐나갈 기세였다.

"어르신, 잠시만."

아환은 급히 계무득을 말렸다. 자신도 뛰쳐나가고 싶은 심정이었지만, 한번 당해본 경험이 떠올라 간신히 참을 수 있었다.

"저자는 강합니다. 초 소저가 저기 있는 건 확실한 것입니까?"

아환은 그렇게 물었다. 가마가 둘 있기는 했지만, 안이 보이지 않으니 그 안에 있는 것이 초연과 서은령이라고 확신할 수는 없었다.

계무득은 당연하다는 듯 말했다.

"귀기가 새어나오고 있잖아."

그 말을 듣고 아환이 다시 정신을 집중해 보자 한쪽 가마에서 묘한 기운이 일렁이는 것이 보였다. 귀기를 내뿜는 것이 서은령뿐이라고 생각할 수는 없었지만, 가능성은 높았다.

[그래. 그러면 어쩔 것이냐? 일단 내가 저쪽으로 가서……]

태을이 그렇게 말하는 도중에 갑자기 아환의 눈앞에 짙은 먹으로 그은 듯한 선이 나타났다.

그것이 무언가 생각하기도 전에 태을의 목이 날아갔다.

아환은 무언가에 떠밀리듯 바닥을 굴렀다. 아환이 있던 자리가 파였다.

"퀵!"

계무득은 신음을 내며 날아갔다.

"역시 낚시에는 떡밥을 많이 뿌려두는 게 중요하지."

등 뒤에서 고저 없는 목소리가 들렸다. 아환은 몸을 돌리며 손등으로 후려쳤지만 아무것도 맞지 않았다.

아환은 몸을 튕겨 옆으로 피했다.

눈앞에 발이 지나갔다. 풍압만으로도 몸이 흔들렸다.

"조금은 재미있겠군."

아환은 어정쩡한 자세로 눈앞의 남자를 노려보았다.

그자에게서 살기의 선들이 꼬불꼬불하게 사방으로 흩어져 있어서 어떤 것이 아환에게 와 닿는 것이고 어떤 것이 와 닿지 않은 것인지도 알 수 없었다.

"네놈은 뭐냐?"

아환은 힐끗 계무득 쪽을 보면서 물었다. 계무득은 숨을 쉬고 있는 것 같기는 했지만, 어찌된 일인지 몸을 움직이지는 못했다.

태을의 형체는 이미 사라졌다.

아환은 자기 몸에서 살기가 한 획 굵게 뻗어 눈앞의 남자에게 가 닿는 것이 보였다. 그리고 그것은 아환의 예상대로라면 그자에게도 보일 터였다.

"적월호. 아마 네놈이 찾던 건 나일 테지."

적월호라는 남자의 웃음은 비릿했다. 웃음에도 맛이 느껴진다면 이 남자의 것은 피 맛이 날 터였다, 분명히.

아환은 천천히 발을 미끄러트려 남자의 정면에서 살짝 비켜서며 말했다.

"아환이다."

아환이 움직이자 주변을 메운 살기의 선들이 꾸불거리며 그를 쫓아 움직였다. 그것은 마치 수백 권의 책을 펼쳐

놓은 것 같기도 하고, 수천 마리의 뱀을 풀어놓은 것 같기도 했다.

"패를 보여주면서 하는 도박 같은 거지."

적월호는 여전히 웃는 얼굴로 그렇게 말했다.

그러더니 갑자기 아환의 몸통으로 장을 날렸다.

물론 아환은 그 공격을 이미 읽고 있었다. 하지만 피할 수 없었다.

음혼구귀초래법(陰魂九鬼招來法) 제일식(第一式)
귀혼장(鬼混掌)

아환은 거의 동시에 손을 뻗었다. 어차피 피할 수 없으니 한번 해보자는 심산이었다.

쾅!

피륙이 부딪는 거라고 생각할 수 없는 소리가 나면서 흙먼지가 일었다. 싸우던 자들 모두가 잠깐 손을 멈출 정도로 거대한 소리였다.

흙먼지가 걷히자 사람들은 아환과 적월호가 서 있는 것을 볼 수 있었다.

"저, 저자는!"

"무슨!"

"마장호? 아니, 마장호는 저기 있는데?"

혼란스런 소리가 날아들었지만, 아환과 적월호에게는 들리지 않았다.

아환의 입가로 피가 한줄기 흘렀다.

그 모습을 보고 적월호는 웃었지만 안색은 파리했다.

아환은 입안에 모인 피를 퉤 하고 뱉고는 말했다.

"네놈은 또 어디서 이걸 배웠느냐?"

아환은 상대가 귀혼장을 썼다는 것이 놀랍지도 않았다. 놀라기에는 지금 당면한 문제가 너무 심각했다.

'강하다.'

아환은 온몸으로 그걸 느끼고 있었다. 귀혼장끼리라 서로 상쇄되기는 했지만 이런 식으로 계속 싸우다간 먼저 쓰러지는 것은 분명히 자신일 터였다.

그 증거로 적월호는 내상을 입기는 했지만 피를 토할 정도는 아니었다. 게다가 그냥 아환을 상대하면 되는 적월호와는 달리 아환은 계무득도 구해야 했고 초연, 서은령이 있는지 확인하고, 있다면 구해야 하는 판국이었다.

백 보 양보해서 평수 정도라도 곤란한 그런 상황인 것이다.

아환은 천천히 거리를 벌렸다. 상대가 어느 정도까지 음혼구귀초래법을 익혔는지는 모르겠지만, 분명히 자신보다는 덜 배웠을 것이다. 아환은 그렇게 생각했다.

스승, 아수라가 생전에는 제자를 두지 않았고, 이 정도

로 남을 가르쳐 본 것도 처음이라 하였으니 틀림없을 거
라 생각했다.

'시도해 보자.'

아환은 지금까지는 능력이 되지 않아서 못 썼던 기술을
써 보자고 생각했다. 아수라가 혈천이라는 별호를 얻게 된
바로 그 기술. 그것은 지금같이 주위에 사람이 많은 상황
이 적격이었다.

아환은 거기까지 생각하고 몸을 돌려 난전이 벌어지고
있던 곳으로 뛰어들었다.

대부분의 자들은 아까의 폭음 때문에 잠시 손을 멈추고
아환과 적월호를 보고 있는 참이었다.

거기에 아환이 끼어들자 사람들이 당황하여 반응이 늦
었다. 적월호도 설마 아환이 도망을 갈 줄은 몰랐던 듯,
당황하여 바로 공격을 하지 못했다.

'해보자.'

아환이 어금니를 깨물었다.

음혼구귀초래법(陰魂九鬼招來法) 제십삼식(第十三式)
귀수부인(鬼水浮人)

아환의 몸 주위로 귀기가 흘러나왔다. 그것이 사람들의
발치에 깔렸다. 주위의 무인들은 무언가 벌어지고 있는지

알지 못했지만 적월호의 표정은 확 변했다.

적월호가 몸을 튕겨 아환에게 달려들었다.

"늦었다!"

아환은 소리치며 팔을 벌렸다.

다음 순간, 아환 주위에 있던 삼십여 명의 무인들이 모두 공중에 떠올랐다. 달려들던 적월호의 몸도 달려오던 속도 그대로 공중으로 날아올랐다.

귀기를 바닥에 깔았다가 그것을 반전시켜 일시에 사람들을 띄운 것이다.

"으, 으아아아!"

"허, 허공섭물!"

"저, 저렇게 많은 사람을……!"

"맙소사!"

사람들은 허탈한 소리를 내며 뒤로 물러섰다. 겁을 집어먹은 얼굴이었다.

하늘에서는 사람들이 팔다리를 허우적거리며 연신 비명을 질러댔다. 입을 다물고 있는 사람은 적월호뿐이었다.

아환은 웃으며 허공에 매달린 적월호를 쳐다보았다. 달려들던 기세가 있어서 다른 사람들과 서로 팔다리가 엉켜 있었다.

아환은 조심스레 기운을 조절해 허공에 매달린 사람들을 한곳으로 뭉쳤다.

"무, 무엇하는 것이냐!"

"내려놓아라! 이 악적!"

허공에서 사람들이 소리를 질렀다. 마구 팔다리를 휘저어 서로 찌르거나 하는 바람에 상처를 입은 자들도 많았다. 땅에 서 있는 자들은 아환의 신위에 압도되어 움직이지 못했다.

어느 정도 한 덩어리가 되어 함부로 움직이지 못할 정도가 되자 아환은 기합을 내지르며 집어 던졌다.

사실 계속 유지하고 있기에는 아환의 기운이 부족했다.

"하!"

한 덩어리로 뭉쳐진 사람들이 마치 공처럼 굴러 바닥에 떨어졌다. 여전히 사람들은 못 박힌 것처럼 움직이지 못했다. 아환은 그 틈을 노려 가마 근처로 달려갔다.

그 근방에 있던 흑의인 몇이 정신을 차리고 아환에게 달려들었지만 아환을 막을 수는 없었다.

순식간에 가마를 지키고 있던 자들을 쓰러트리고 아환이 가마 문짝을 뜯어냈다. 그 안에 정신을 잃은 서은령과 초연이 있었다.

아환은 둘 모두를 옆구리에 끼고 계무득이 있는 쪽으로 몸을 날리려 했다.

그때였다.

팡!

엄청난 소리가 나며 아까 아환이 던졌던 사람 뭉치에서 폭발이 일었다. 사람들이 허공으로 날아올랐다. 주인을 잃어버린 팔다리도 보였다.

그것은 적월호의 소행이었다. 그가 사람들이 엉켜 쉽게 빠져나오지 못하자 아예 사람들을 박살내면서 나온 것이다.

피가 여기저기 튀어 옷을 붉게 물들이고, 무시무시한 얼굴로 아환을 노려보는 그는 마치 나찰이나 악귀 같았다.

"빠르기도 하군."

아환은 맘에 들지 않는 얼굴로 그리 말했다.

적월호는 아환에게 달려들었다.

이런 상황에서 가만히 있을 수는 없었다. 아환이 두 여자를 옆구리에 낀 채로 발로 귀인창법을 응용해 귀기를 날렸다.

하지만 예상대로 맞지 않았고 속도도 떨어지지 않았다. 애꿎은 흑의인 몇이 빗나간 귀인(鬼刃)에 맞고 쓰러졌다.

적월호는 아환에게 달려들면서 장을 내밀었다. 아환은 그 자리에서 뛰어오르며 발길질을 했다.

음혼구귀초래법(陰魂九鬼招來法) 제사식(第四式)

혼화각(混火脚)

파파팍!

적월호의 장과 아환의 발이 마주쳐 굉장한 소리를 냈다. 아환은 그 반발력으로 하늘 높이 날아 멀리, 계무득이 쓰러져 있는 곳에 착지했다.

그가 노렸던 바였다. 여기라면 거리가 있고, 누군가 두 여자를 잡으려고 해도 아환이 알아채기 쉬웠다.

적월호는 아환의 발길질 때문에 잠시 주춤한 탓에 아환이 내려앉는 시점을 노리지는 못했지만, 곧 저돌적으로 달려들었다.

아환은 거의 떨어트리듯 두 여자를 내려놓고 다시 귀수부인을 시전했다.

"흥!"

하지만 이번에는 통하지 않았다.

적월호는 발아래에 몰려들었던 귀기를 아환이 반전시키기 전에 발로 밟아 뭉개 버렸다. 또한 그 힘을 이용해 더욱 빠르게 몸을 날려 아환에게 달려들었다.

"허!"

아환은 웃음 비슷한 소리를 내면서 몸을 틀었다.

적월호의 주먹은 아환의 얼굴을 스쳐 갔나 싶더니 손등치기로 변해 얼굴을 노렸다. 아환은 숫제 뒤로 넘어지듯

하며 발로 적월호의 겨드랑이를 노렸다. 적월호는 더욱 몸을 돌려 발끝을 빗나가게 하고, 아환의 발목을 잡아채려 했지만, 아환은 다른 쪽 발로 적월호의 옆구리를 걷어찼다.

적월호가 다른 손으로 그 발을 막았지만 두 자 정도 몸이 밀렸다. 그 사이에 자세를 바로잡은 아환이 이죽거렸다.

"어디서 배운 건 좀 있나 보구나."

"뻔히 보이는 공격을 맞을 수는 없지."

적월호는 비웃듯 그렇게 말했다. 아환은 이죽거리며 웃고는 있었지만, 머릿속으로는 필사적으로 이 상황을 벗어날 방도를 생각했다.

둘 다 살기의 선이 보이는 이런 상황에서는 결국 누가 먼저 실수를 하느냐, 누구의 몸이 더 빠르냐 하는 것에서 결판이 나게 마련이었다. 아까처럼 같은 기술을 써서 서로의 살을 깎아먹는 전법은 아환이 질 것이 자명했고, 다양한 기술을 이용해 허점을 노리려던 것도 그리 여의치 않다는 것이 드러났다.

적월호의 말대로 뻔히 보이니 서로 공격이 잘 맞을 리가 없었다.

여기서 가장 최선책은 계무득이 정신을 차려 아환이 시간을 끄는 사이에 두 여자를 데리고 탈출하는 것이었다.

하지만 그는 좀처럼 일어날 기미가 없었다.

그렇다면 지금 아환이 할 일은 일단 어떻게든 시간을 끌어야 했다.

그러나 그 정도의 생각은 적월호도 잘 알고 있을 것이다. 그가 가만히 좌시하고 있을 리도 없었다.

"삼주, 희명, 고주! 여자들을 다시 데려와라!"

적월호는 예상대로 초연과 서은령을 먼저 노렸다. 쩌렁쩌렁한 명령이 떨어지자마자 흑의인 셋이 아환이 있는 쪽으로 달려왔다.

"치졸한 놈이로구나!"

아환은 소리치며 양손을 폈다.

음혼구귀초래법(陰魂九鬼招來法) 제육식(第六式)
혼원탄(混元彈)

아환의 열 손가락에서 기탄이 튀어나와 날아갔다. 대다수는 적월호에게 날아간 것이었지만, 몇 개는 초연과 서은령에게 접근하는 세 명의 흑의인에게 날아갔다.

"조잡한 술수를!"

적월호가 소리치며 소매를 떨었다. 처음부터 견제를 목표로 한 것이었지만, 그 기탄은 너무나 쉽게 막혀 버렸다. 뒤쪽의 흑의인들에게 쏘아보낸 것까지도 단숨에 소멸해

버린 것이다.

거기다 혼원탄을 쓰느라 드러난 턱으로 적월호의 발길질이 날아들었다. 아환은 급히 팔을 당기며 앞을 가렸다.

퍼엉!

묵직한 충격이 밀려오며 아환의 몸을 아예 허공으로 띄워 버렸다.

'젠장!'

아환이 속으로 욕을 하는 것과 동시에 주먹이 비처럼 날아들었다.

파파파파팍!

콩을 볶는 것 같은 소리가 나면서 아환의 몸이 더욱 공중에 떴다. 아환을 두들기는 적월호의 손은 하도 빨라서 잔상이 남을 정도였다. 그 광경은 마치 커다란 손 두 개가 아환을 치는 것 같았다.

"소, 소림의 이태백수(二太白手)다!"

"소림의 절기를!"

그 광경을 지켜보던 무림인들이 저마다 한마디씩 했다. 이미 싸움은 아환과 적월호의 것 말고는 멈춰 있는 상태였다.

아환은 팔을 바싹 끌어당겨 몸에 직접 주먹이 닿지 못하게 했지만 발은 땅에서 거의 한 장은 뜬 상태였다.

"하!"

마무리를 지으려는 듯 적월호가 아환을 더욱 높이 날려 올렸다. 몸이 족히 세 장은 떴다.

적월호가 아환을 따라 뛰어올랐다. 그는 두 손을 움켜 쥐고 몸을 활처럼 젖혔다.

쐐액!

두 주먹이 그대로 아환의 머리를 노리며 떨어졌다.

"하!"

그 순간 아환의 몸이 빙글 돌았다. 그는 훤히 드러난 적월호의 배에 주먹을 날렸다.

퍼억!

적월호는 아무런 대응을 하지 못했다. 그는 외마디 비명과 함께 허공을 날아 바닥에 처박혔다.

"그런 잔주먹질로 뭔가 할 수 있을 것 같으냐!"

아환이 벽을 차는 것처럼 공중을 차고서 바닥에 박힌 적월호에게 장을 날렸다. 귀혼장이 적월호의 몸에 닿는 순간이었다.

팡!

가죽 공이 터지는 소리가 나면서 아환의 몸이 뒤로 튕겼다. 적월호의 몸이 들썩 하고 들렸다. 적월호는 입가로 피를 흘리고는 있었지만, 웃는 얼굴로 일어났다.

아환은 한 박자 늦게 일어나 적월호를 노려보았다.

"뭐냐?"

아환은 이해할 수 없다는 얼굴로 적월호에게 물었다. 분명히 적중했다고 생각하는 순간, 엄청난 반탄력이 돌아왔던 것이다.

"별 건 아니다. 그런 잔주먹질로는 소용이 없다는 것뿐이지."

"그래. 그렇단 말이지. 그럼 이건 어떠냐?"

아환은 발을 굴렀다. 귀형보였다. 조금이라도 자세가 흔들리면 추가 공격을 할 생각이었지만, 소용이 없었다.

쾅!

적월호는 마주 발을 굴러 귀형보를 막아냈다.

적월호는 웃었고, 아환의 얼굴은 일그러졌다. 적월호 뒤로 두 여인과 계무득을 데리고 가는 흑의인의 모습이 보였다.

아환은 입술을 깨물었다. 결국 처음으로 돌아간 것이다.

그 순간이었다.

[곡옥.]

어디선가 말소리가 들렸다.

태을의 목소리였다.

아환은 물론, 적월호도 놀란 얼굴로 주위를 둘러보았다.

태을이 잘린 목을 손에 들고 서 있었다.

아환은 서은령이 준 곡옥을 떠올렸다.

"위험할 때는 부러뜨려요. 밝은 빛이 나는 물건이니 눈을 감고서 상대의 눈앞에서 부러뜨리면 어떻게든 한 호흡 정도는 벌 수 있을 테니까."

분명히 그렇게 말했다. 곡옥은 아직 아환의 품속에 있었다. 그 생각이 떠오르자마자 아환은 적월호에게 달려들었다. 적월호가 태을 때문에 놀란 그 한 호흡을 노린 것이다.

아환은 적월호의 위치를 확인하고 눈을 감고 귀혼장을 날렸다. 동시에 다른 손으로는 품에 있는 곡옥을 잡아 부러뜨렸다.

파앗.

일순간 온 세상이 새하얗게 물들었다.

그 바람에 적월호는 아환의 모습을 놓쳐 버렸다.

팡!

경쾌한 소리가 나면서 아환의 손에 확실한 감촉이 돌아왔다.

아환은 그대로 초연과 서은령 쪽으로 달려들었다. 시간이 없었다. 달려드는 동시에 귀수부인을 써서 흑의인까지 여섯을 모두 공중에 띄운 다음, 적월호에게 귀인을 날렸다.

혹시나 해서 날린 것이었지만 옳은 선택이었다. 어느새

적월호는 자세를 바로잡고 다시 달려들려는 참이었다.

그가 아환의 귀인을 피하느라 주춤하는 동안, 아환이 공중에 뜬 세 명의 흑의인을 적월호 쪽으로 집어 던지고, 초연과 서은령, 계무득은 반대쪽으로 집어 던졌다.

적월호는 표정 하나 변하지 않고 흑의인들을 쳐냈다. 하지만 이미 아환과는 상당한 거리가 벌어진 다음이었다.

아환은 공중에서 떨어지는 세 명을 모두 잡아들고서는 온 힘을 다해 달렸다.

적월호는 그 등을 보고 달려가려다가 멈췄다.

"어차피 다시 보게 될 놈들이지."

적월호는 음산하게 그렇게 말하고는 주위를 둘러보았다.

적월호의 눈빛을 받자 백도 무림인들은 퍼뜩 정신이 들었다.

혈문의 무사들도 그랬지만, 아환과 적월호의 싸움 때문에 손을 놓고 있었던 것이다.

정신을 차린 백도 무림인들은 무기를 고쳐 잡고 자세를 취했다. 하지만 적월호는 가소롭다는 듯 웃을 뿐이었다. 모두들 오싹한 한기에 아무 말도 하지 못했다.

그들은 모두 방금 아환과 적월호의 사람 같지 않은 무위에 압도되어 있었다. 그런 백도인들에게 적월호가 코웃음 치듯 말했다.

"네놈들은 다시 안 볼 놈들이지."

그 말이 신호라도 된 듯 사람들이 비명 같은 기합을 내지르며 서로의 적을 향해 달려들었다.

적월호는 비웃음을 던지며 그 자리를 벗어났다. 서로 죽이고 죽는 그 현장은 이미 그에게 관심거리도 되지 않았다.

第二十二章
일단 거기에 관해서는

소야는 놀라 일어섰다.

"전투 가능한 인원을 모두 끌어모으세요!"

소리치면서 머릿속으로 보고받은 곳의 지형을 떠올렸다.

'거기라면 공터. 일단 어떻게든 다수를 밀어 넣을 수 있다. 접근할 수 있는 길도 많아. 완전히 흩어져 사방에서 접근하게 하면 난전에서는 머릿수가 많은 우리 쪽이 확실히 유리하다.'

그는 생각을 정리한 뒤 말로 바꾸었다.

"삼십 명 정도를 한 조로 해서 한 조가 꾸려지는 대로 바로 충원합니다. 가능하면 후방부터 팔방 모두를 점하고 포위 가능하도록 하세요."

"알겠습니다."

젊은 거지가 소야의 말이 끝나자마자 방 바깥으로 튀어
나갔다.

"전력을 투입할 생각이십니까?"

육장로는 곤란한 얼굴로 물었다. 지금 혈문과 전면전을
벌인다면 절대적으로 불리한 건 개방이었다. 혹시 운이 좋
아 첫 싸움을 승리한다고 하여도 차후의 싸움도 그러리라
는 보장은 없었다.

혹여 몇 차례 승리가 지속된다고 하여도 그 과정에서
입는 피해는 상당할 터. 약해진 개방을 주위에서 가만히
둘 리가 없었다. 소림, 진주언가, 하북팽가, 제갈세가, 황
보세가, 약해진 개방을 집어삼키려고 달려들 것이 뻔했다.
같은 백도라고는 하지만 그 역시 양육강식의 세계임은 당
연한 것이다.

소야는 순간 멈칫했다. 그 역시 육장로의 걱정을 알아
차렸다.

분명히 여기서 전력을 투입하면 곤란해지는 것은 분명
하다. 하지만 투입하지 않을 수도 없다. 전투 중인 것은
영웅대회에 참석한 무림의 인사들, 그리고 개방 전력의 십
분지 일에 가까운 인원이었다. 합해서 오백여 명. 그들을
버리면 전체 사기가 무너져 버릴 것이다.

그때, 느긋하지만 정이라곤 느낄 수 없는 목소리가 끼어들었다.

"무얼 망설이느냐. 명령은 취소다. 전령을 보내 퇴각 명령을 전해라."

바로 구타신황(狗打神皇) 황개. 현 개방의 방주이자 소야의 사부였다.

"사부님!"

"조직을 책임지는 자는 때로 냉정하게 판단해야 한다. 지금 개방의 방도들이 거기서 피를 흘린대 봐야 기뻐할 자는 없다."

"하, 하지만!"

"그보다는 귀문의 도망자를 쫓는데 주력해야 한다. 지금 가장 중요한 건 그쪽이니. 나는 황구대(黃狗隊)를 데리고 추적 상황을 감독하도록 하마. 방 내의 일은 모두 너에게 맡긴다. 무엇을 해야 할지는 알고 있겠지?"

소야는 대꾸하지 않았다. 사부의 얼굴을 마주할 생각도 들지 않았다.

황개는 그런 소야의 모습을 보더니 얼굴을 일그러뜨리고는 말했다.

"다른 자들은 최대한 혈문 쪽으로 시선을 주게 만들어라. 혈문이 이번에 온 것은 틀림없이 그 귀문의 인사들을 쫓아온 것일 테고, 고수들을 데리고 왔을 것이다. 그렇다

면 영웅대회에 온 인사들이 몸을 상하지 않고 빠져나가기
는 힘들 터, 일단 사람이 상하면 그 뒤는 그들이 알아서
할 것이다."

즉, 이번 영웅대회나 지금의 싸움도 모두 혈문과 다른
백도 문파들이 싸우기 위한 미끼라는 것이다. 그 사이에
개방은, 아니, 황개는 음혼구귀초래법을 얻겠다는 말과도
같았다.

소야는 무언가 울컥하고 치솟아 오르는 것을 느꼈다.
무언가 말을 하고 싶었지만, 머릿속에서 빙글빙글 돌 뿐,
말이 되어 나오질 않았다.

그때, 누군가 그들이 있는 천막 안으로 들어와서 말했
다.

"아니, 방주 혼자서 일을 도맡아 하시게 둘 수야 없지
요."

"팽장로."

황개는 웃는 얼굴이었지만 소야는 그 얼굴에서 못마땅
한 감정을 읽을 수 있었다.

들어온 팽장로의 얼굴에도 웃음기가 있었지만, 눈은 웃
고 있지 않았다. 방주를 경계하고 있는 것이 훤히 보였다.

'내분.'

단어 하나가 소야의 머리를 스쳤다, 동시에 절망도.

조직의 수장과 그 수괴들이 개인적 욕심에 눈이 멀어

서로를 견제한다. 그런 조직이 제대로 굴러갈 수 있을 리가 없었다.

"무장로도 소식을 듣고 방주를 돕겠다 하더이다."

"이런이런. 괜한 수고를 끼쳐 드리는 게 아닌가 모르겠소. 방주 된 자로서 방을 위해 일하는 것이야 당연한 일인데."

여전히 황개는 웃는 낯으로 그렇게 말했다. 소야는 어쩐지 눈앞에 있는 자가 자기 사부가 아니라 다른 사람처럼 보였다.

이해할 수 없는 집착.

"대체 그것이 무엇이기에 다들 그렇게 바라시는 겁니까?"

소야는 결국 참지 못하고 내뱉고 말았다.

"무슨 말이더냐?"

황개의 얼굴이 일그러졌다. 팽장로는 아직 웃는 얼굴을 유지하고 있었지만 그것은 단지 거죽에 한해서일 뿐, 분명히 크게 흔들리는 것처럼 보였다.

"무슨 말이냐? 지금 그것이 무슨 상관이더냐! 너는 방내의 일에나 신경 쓰도록 해라!"

황개는 소리 지르지는 않았지만 그 목소리는 냉랭했고, 잔뜩 억눌려 있었다.

"아니, 방주. 후개도 알아야 하지 않겠습니까? 어떤가?

후개도 알고 싶지 않소?"

팽장로는 그렇게 말했지만 소야는 그가 선의로 그럴 거라고는 생각지 않았다.

그 눈이 일렁이는 것은 분명한 탐욕이었다.

이야기를 들으면 똑같이 탐욕이 생길 거라 생각하는 거겠지.

소야는 그렇게 생각하고 고개를 저었다.

"필요 없습니다."

소야가 힘주어 말하자 그를 바라보는 둘의 시선이 미묘하게 변했다.

불안, 의심.

'욕망이 목까지 차오르면 머리가 굳어버리는 것 정도야 알고 있지만……'

소야는 쓸쓸한 마음을 필사적으로 억눌렀다.

"제게는 이번 사태에 대한 정리만 해도 감당키 어려운 짐인 듯하니, 방의 어르신들께서 원하는 대로 하시기 바랍니다."

즉, 자기는 상관 안 할 테니 알아서 지지고 볶으라는 의미였다.

그 말을 들은 황개와 팽장로는 노골적으로 안심한 표정으로 고개를 끄덕였다.

"음, 그래. 좋은 생각이다. 일을 하면서 우선순위를 틀려서는 안 되는 것이지. 방의 관리가 먼저 아니겠느냐."

"역시 다음 대 개방을 이끌어 나갈 도량이십니다."

황개와 팽장로는 그렇게 소야에게 말하면서도 힐끔힐끔 자기들끼리 눈치를 살폈다.

소야는 결단을 내려야 할 때가 왔다고 생각했다. 일련의 소란이 일어나는 동안 머릿속 한군데에 자리 잡고 있던 생각이었지만, 그것이 이제 슬슬 머리를 꽉 채울 정도로 커졌다.

그런 상황에서 먼저 자리를 뜨려고 한 것은 황개였다.

"음. 그럼 난 악적들에게 붙여두었던 추격대를 도우러 가 보마."

"본인도 방주를 돕겠습니다."

팽장로는 질세라 끼어들었다. 둘의 시선이 순간 마주쳤다. 그 사이에 분명한 적의가 솟아났다.

그 순간, 그 둘이 서로를 적으로 인식하고 서로에게 온 신경을 집중하는 그 순간에, 소야가 움직였다.

황개는 고개를 돌릴 여유도 없었다. 소야의 손이 천령개를 후려치고, 등의 사혈을 짚어 나갔다.

"무슨……?"

팽장로는 소리를 치려다가 말이 안 나온다는 것을 깨달았다. 혀가 굳고 숨이 가빠왔다.

아혈(啞穴)이 짚인 것이다.

팽장로는 급히 천막을 빠져나왔다. 소야와 육장로가 따라 뛰쳐나왔다. 팽장로는 거리를 벌리며 해혈하려 하였으나 수법이 교묘하여 쉽지 않았고, 소야가 그럴 틈도 주지 않았다.

"팽장로가 배신했다! 방주님을 습격했다!"

팽장로는 소야가 세 번째 같은 말을 외치고 나서야 간신히 상황을 이해했다.

하극상.

소야는 자기에게 오게 될 방주 자리를 조금 더 일찍 받고 싶어진 것이다.

동시에 새로 장로에 임명해야 하는 사람들이 몇 명 더 생긴 모양이었다. 그래서 지금 빈자리를 만들려고 하는 것이다.

'대체 언제부터?'

팽장로는 머릿속에 떠오르는 의문을 정리할 틈도 없었다.

이미 사방에는 거지로 가득 찼다. 팽장로가 지금 소야가 방주를 해하고 자기까지 해하려 한다고 말하면 누가 믿을까 생각했다.

가만있으면 자기에게 떨어질 방주 자리가 탐나서 이런 시기에 하극상을 일으킨다?

아무도 믿지 않을 말이었다. 거기다 누가 믿어준다고

하여도 아혈이 막혀 있어서 말을 할 수도 없었다.

"이 추악한 배반자! 입이 있다면 변명을 해보아라!"

소야는 비분강개한 얼굴로 소리쳤다. 팽장로는 아혈이 막혀 숨을 쉬기도 힘든 상황이라 얼굴이 시뻘게졌다.

아무 말도 못하는 상황이 더욱 의심을 살 거라고 생각은 했지만 어쩔 수 없었다.

소야가 기세등등하게 외쳤다.

"배반자가 무슨 염치가 있어 말을 하겠느냐!"

동시에 소야가 양손을 뻗었다. 방주와 후개에게만 전해지는 개방의 비전이 펼쳐졌다.

나걸십이수(裸乞十二手) 제이수(第二手)
아귀수(餓鬼手)

소야의 두 손이 팽장로의 양어깨를 짚었다. 잡은 어깨를 비틀어 누르면서 동시에 힘차게 끌어당겼다.

그것만 해도 지금 호흡이 힘든 팽장로에게는 치명상이 될 수 있는데, 이 초식은 그것으로 끝나는 게 아니었다.

마치 굶주린 아귀가 음식을 입에 쓸어 넣듯, 소야가 팽장로를 강하게 끌어당기며 박치기를 안면에 먹였다.

인간의 머리뼈는 강하다. 하지만 인중이나 코, 입 따위의 감각기관이 모인 얼굴은 그리 강하지 않다.

소야는 그 가장 강한 머리뼈로 팽장로의 얼굴을 공격한 것이다.

팽장로의 코뼈가 주저앉고 앞니가 모조리 부러졌다.

팽장로는 아혈이 막혀 비명조차 지르지 못하고 그저 컥컥거렸다.

소야는 그걸로 끝내지 않았다. 지금 어정쩡하게 할 상황이 아니었던 것이다.

어쨌든 다른 얘기를 할 입은 줄여두는 것이 좋다.

"하늘을 대신해서 벌을 내려주마!"

팽장로가 쓰러지기 전에 소야가 외치며 장을 내질렀다.

나걸십이수(裸乞十二手) 제일수(第一手)

천휼인(天恤人)

하늘이 사람을 불쌍하게 여긴다는 이름과는 달리 한 번에 사람을 하늘로 돌려보낼 것 같은 강맹한 일장이었다.

펑!

팽장로는 그 자리에서 허물어졌다.

"저승에서 방주님께 사죄하거라!"

쓰러진 팽장로에게 소야가 일부러 커다란 소리로 외쳤다.

팽장로는 쓰러진 채로 일어나지 않았다. 소야는 이미

팽장로가 죽은 것을 짐작했지만, 주위의 사람들에게 확실히 팽장로가 죽었음을 인식시키기 위해 굳은 얼굴로 쓰러진 팽장로의 맥을 살폈다. 확실히 맥이 끊어져 있었다.

소야는 몰려든 얼굴 중에서 익숙한 얼굴을 발견하고는 큰소리로 명령을 내렸다. 사람들이 상황을 제대로 받아들이지 못할 때 분위기를 잡아야 한다는 생각이었다.

"무장로도 공모하였다! 홍진! 형제들을 이끌고 반도들을 잡아라!"

하지만 홍진은 소야의 생각처럼 바로 반응하지 않았다. 젊은 나이인데도 무공 성취가 높아 매듭 일곱 개짜리 줄을 메고 있기는 하지만, 역시 이런 상황에 대한 대처에는 미숙한 점이 많았다.

"무, 무슨……."

그렇다고 여기서 일일이 이해시키고 있을 상황이 아니었다. 소야는 목소리에 기운을 실어 외쳤다.

"홍진!"

"아, 알겠습니다!"

그제야 홍진은 정신을 차리고 주위 사람들을 몰고서 움직였다. 아직 대부분의 사람들은 상황을 이해하지 못하고 있었고, 이해하는 자들은 돌아가는 상황을 보고 움직이겠다는 듯, 주춤거리며 물러서는 것도 아니고 다가오는 것도 아닌 묘한 거리를 유지했다.

'어떻게든 해야 한다.'

소야는 속으로 그리 생각하며 근엄하고, 슬픔을 참는 얼굴을 지어 보였다.

"형제들은 들으시오!"

최대한 공력이 실린 그 목소리는 멀리까지도 우렁차게 잘 들리고 사람들의 머리를 잡아 흔들 정도의 힘이 있었다.

"우리 형제들은 그 옛날 삼황과 오제 시절부터 천하를 주유하여, 이미 우리 형제들의 발이 닿지 않은 곳이 없고, 우리 형제들이 보고 오지 못한 곳이 없소이다."

사람들은 소야의 말의 내용보다는 지금 닥친 이 당황스런 상황과 소야의 말에 담긴 내력 때문에 경청하고 있었다.

하지만 집단의 분위기라는 것은 꼭 다들 찬성해서 그쪽으로 흘러가게 되는 것만은 아니다.

암묵적 동의. 집단이 된 인간은 누군가 먼저 움직이지 않으면 가만히 있게 마련이다. 그것이 인간의 공통적 특성인 것이다.

소야의 말은 그런 인간의 특성을 교묘히 이용하는 것이었다.

소야는 계속 별 의미 없지만, 반론이 나올 이유가 없는 말을 토해내었다.

"우리는 천하의 방파 중에서 가장 많은 형제가 있소이다! 소림의 속가제자를 모두 합친다 해도 우리 분타 하나만큼도 되지 못하오. 남궁세가가 일 년 동안 먹은 밥을 모두 쌓아놓는다고 해도 우리 형제들이 한 끼에 먹어 치운 밥에 미치지 못하오."

사람들은 말이 없었다. 어째서 소야가 지금 그런 얘기를 하는지 잘 모르겠지만, 아무도 소야의 말을 끊지 않았다.

나서는 사람이 없으니 아무도 나설 수가 없었던 것이다. 소야의 의도대로였다.

"그런 우리가! 그런 우리가 왜 오늘!"

소야의 목소리가 커졌다. 교묘히 호흡을 조절하여 목소리에 공력을 더욱 실었다.

목소리가 갑자기 우렁차게 울렸지만, 귀를 막는 자는 없었다. 어느 정도 다들 예측했던 것이다.

그것은 청중이 소야의 이야기에 흐름을 타기 시작했다는 증거였다.

"이런 반도들에게 우리의 방주를 잃어야 했다는 말이오!"

사람들의 충격이 사라지기 전에 소야는 계속해서 외쳤다.

"팽장로와 무장로는 혈문의 꼬임에 빠졌소!"

소야의 말이 사람들에게 닿으면서 웅성거림으로 변했다.

"혈문?"

"그놈들이!"

"혀, 혈문?"

"악랄한!"

특별히 소야가 한 말보다 정보의 양이나 질적인 측면에서 특기할 만한 내용은 대부분 없었지만, 감정의 교류에는 충분한 대화가 오고갔다.

마치 바싹 말린 수풀에 불씨가 떨어진 것처럼, 천천히 하지만 확실히 분노가 사람들을 잠식해 갔다.

동시에 자기 나름대로 약삭빠르다고 생각하는 자들, 정의를 관철해야 한다고 생각하는 자들, 아무 생각 없는 자들이 동시에 외쳤다.

"복수하자!"

"혈문을 없애자!"

소야는 속으로 안도의 한숨을 내쉬었다. 어찌 되었든 덩어리를 만들고 날을 세우는 데까지는 성공한 것이다.

'문제는 우리 칼날이 강한지 저쪽 칼날이 강한지 하는 것인데.'

백도와 흑도라고는 하지만 혈문이나 개방 같은 거대 문파가 실제로 직접 전투를 벌인 것은 백 년도 더 넘은 옛날이었다. 그러니 책임감 없는 자들이 흔히 하는 말이긴 하지만, 승부의 행방은 알 수 없었다.

소야는 다시 크게 외쳤다.

"개방의 형제들이여! 오늘 우리가 손님을 초대하여, 천하의 큰일을 논의하려 하였는데, 간악한 자들이 몰려와 지금 손님들이 위험에 빠져 있다! 구하러 가야 하지 않겠는가!"

"오오!"

"갑시다!"

기운찬 반응이 돌아왔다. 소야는 육장로를 돌아보았다. 육장로는 소야 이외에 모든 상황을 다 알고 있는 유일한 자였다.

그의 얼굴에는 아직도 경악이 걸려 있었지만, 소야는 신경 쓰지 않았다. 무언가 할 거라면 아까 소야가 처음 소리를 지를 때 했어야 했다. 지금 진실을 밝히기에는 너무 많이 온 것이다.

소야는 안심하고 명령을 내렸다.

"육 장로. 아까 했던 말 대로 처리해 주세요. 최우선은 우리 형제들, 그리고 손님들의 구출입니다. 아시겠지요?"

육장로는 얼떨떨한 얼굴로 있다가 소야가 그 자리에서 물러나려고 하자 급하게 물었다.

"정말 타 문파 사람들도 도와야 합니까?"

아주 작은 목소리였다. 전음을 쓸 여유도 없었던 것이다. 육장로는 타 문파 사람들을 도와 보아야 남을 것이 없다고 생각했다.

소야는 시원하게 웃으며 대답했다.

"물론이죠. 여유가 있으면 말입니다."

아환은 주위를 둘러보았다. 추격자의 기미는 보이지 않았다.

그래도 혹시 몰라서 길에서 벗어나고 나무가 빽빽하여 주위가 가려진 곳을 찾아서 세 명을 내려놓았다.

아직 사람들은 정신을 차리지 못했다.

다들 숨소리가 고르고 안색도 나쁘지 않은 듯하여 일단 다행이라 생각하고 계무득을 먼저 붙들고 진기를 불어넣었다.

불어넣으면서 주위를 보자 어느샌가 태을이 잘린 머리를 목 위에 얹고서 아환을 바라보았다.

태을은 무언가 말을 하는 듯 입을 오물거렸지만 이상하게도 아환에게는 아무 말도 들리지 않았다.

"괜찮으십니까, 어르신? 말이 들리질 않습니다."

태을은 아환이 그리 말하자 고개를 몇 번 끄덕이더니

가부좌를 틀고 공중으로 떠올랐다.

아환은 상황을 이해할 수는 없지만 가만히 놓아둬도 될 것 같아서 다시 계무득에게 집중했다.

계무득은 금방 미약한 신음 소리를 내며 정신이 들었다.

"정신이 드셨습니까?"

아환은 계무득에게 걱정스레 물었다. 서은령과 초연은 아직 깨어나지 못한 채였다.

"응? 어찌 된 거야? 아까 그 녀석은? 본좌가 당한 건가?"

계무득은 당황한 얼굴로 주위를 둘러보다가 서은령과 초연을 발견했다.

"누님! 누님!"

황급히 달려가 흔들자 초연이 먼저 눈을 떴다.

아환은 흠칫하며 그녀를 바라보았다.

새하얀 피부, 거의 사라져 가는 달 가장자리 같은 눈썹, 둥근 눈매, 짙은 속눈썹, 그 안에 새카만 눈동자가 몇 번 눈꺼풀에 가려졌다가 아환의 방향으로 고정되었다.

아니, 고정되었다고 생각한 것은 아환뿐, 그 눈동자는 실제로 떨리고 있었다.

아환은 어쩐지 그 눈동자가 자기에게 향하자 뜨끔한 느낌을 받았다. 어떤 건지는 잘 모르겠지만, 나쁜 짓을 하다가 들킨 아이의 심정이 이런 게 아닐까 싶은 생각이 들었다.

초연은 몸을 일으켰다.

계무득이 호들갑스럽게 안부를 물었지만, 그녀는 고개를 한 번 끄덕이기만 하고 아환을 다시 바라보며 물었다.

"무슨 짓을 한 거죠?"

표정은 변화가 없었지만, 초연의 목소리는 눈동자만큼이나 떨렸다.

아환은 대답할 말을 찾지 못했다. 초연의 말을 알아듣지 못하기도 했지만, 그녀의 응시가 당황스러웠기 때문이다.

어째서인지 심장이 뛰었다. 어째서일까 분명히 계속 보던 사람이고, 방금은 짙어지고 뛰기까지 했는데. 그녀가 눈을 뜨고 그 시선을 받는 순간, 아환을 둘러싸는 거죽 같은 것이 찢겨져 나가는 느낌이었다.

마치 그녀의 시선이 창이 되어 자신이라고 하는 북을 찌르고 지나가는 것 같다고 생각했다.

"환골탈태를 했군요."

아환이 대답하지 않자 초연이 떨리는 목소리로 말했다. 아환은 자기 몸의 변화보다 어떻게 그녀가 알았는지가 더욱 신경이 쓰였다.

초연은 그렇게 바라보다가 아환에게서 시선을 돌리고

일어섰다.

대답은 다른 쪽에서 돌아왔다.

"귀기든 선천지기든 간에 어느 정도 수준까지 몸에 기운이 쌓인다면 자연스레 몸이 음혼구귀초래법을 펼치기에 적절한 상태로 바뀌게 되요. 성취를 축하드려요. 아 소협."

서은령이었다.

언제 깨었는지 그녀는 흐트러진 옷매무새를 고치며 계속해 말했다.

"음혼구귀초래법을 펼치기 좋은 몸이라는 것은… 그에게서 들었나요?"

아환은 지금 말하는 그가 아수라일 것이라 짐작은 했지만 무슨 말인지는 잘 알지 못했다.

"무슨 말씀을 하시는 건지……. 몸은 괜찮으십니까?"

"괜찮아요. 우린 둘 다 점혈을 당해 기절했던 것뿐이니까."

서은령이 그렇게 말했고, 초연은 옷매무새를 고치며 아환 쪽은 쳐다보지도 않았다.

서은령은 그런 초연을 힐끗 보고는 아환을 향해 웃어 보였다. 그녀의 뒤로 귀기가 다시 꽃처럼 피어났다.

검은색.

계절에도 맞지 않는 만리향 향기가 나는 기분이었다.

아환은 어쩐지 힘이 빠져 비틀거렸다.

"뭐 하는 거야!"

갑자기 초연이 버럭 소리 질렀다.

팟!

작은 어떤 것이 터져 나가는 소리가 나면서 서은령 뒤에 피어나던 꽃이 사라졌다.

당연히 만리향 향기도 사라지면서 동시에 박하 향이 그자리를 메웠다.

아환은 크게 한 번 휘청거렸지만 아까처럼 힘이 빠지지는 않았다.

아환은 초연 쪽을 바라보았다.

흰 어둠.

그런 것이 존재한다면 그녀에게서 나오는 기운이 딱 그런 것이라는 생각이 들었다.

시원하다.

아환은 거기까지 생각하다 퍼뜩 정신이 들었다.

'이거 위험하지 않나?'

뚜렷이 말로 할 만한 내용이었다. 아환은 다시 정신을 차리고 눈앞의 두 여자를 바라보았다.

서은령은 평소처럼 부드러운 미소를 짓고 있었지만, 평소와는 좀 달랐다.

초연도 그랬다. 무언가 마음에 안 드는 듯 인상을 찌푸

리고는 있었지만, 아환의 시선을 피하는 건 어쩐지 싫어서
만은 아닌 것 같은 그런 기분이었다.

"지금……."

아환은 거기까지 말하다가 무슨 말부터 해야 할지 모른
다는 게 떠올랐다. 뭔가 질문은 해야 하는 상황인데, 뭘
물어야 하는지 모르는 것이다.

고개를 거세게 흔들었다. 아직 머리가 정상적으로 돌아
가지 않았다.

풀썩.

아환이 그런 생각을 하고 있는 동안 계무득이 쓰러졌
다.

"어르신?"

아환이 놀라 계무득을 살폈지만 외상은 없었다. 마치
잠든 것처럼 평온히 숨을 쉬었다.

"취한 것뿐이에요. 역시 무리였나."

"알면 그걸 갈무리 좀 해!"

평온한 서은령과 대조적으로 초연이 소리쳤다.

아환은 머리를 꾹꾹 눌러 가며 두 여자를 바라보았다.

기이한 광경이었다. 두 여자에게서 나오는 흑과 백의
기운이 서로 균형을 맞추어 일렁였다.

밤과 낮이 싸우는 것처럼, 봄과 가을이 싸우는 것처럼,
잠과 꿈이 싸우는 것처럼, 경계가 없고 확연히 다르며, 둘

중 하나를 떼어놓을 수 없는 광경이었다.

그러다가 갑자기 서은령이 그 기운을 거두었다. 확 하고 흰 초연의 기운이 아환을 쓸고 지나갔다.

순간 아환의 몸이 뻣뻣이 굳었다. 아주 잠깐이었지만, 초연이 그를 끌어안은 것 같은 기분이 들었다.

그 기운이 급격히 물러서자 아환은 아쉬운 마음이 들었다.

"뭐 하는 거야!"

"어머. 네 말 대로 했잖니."

초연은 다시 소리 질렀지만 서은령은 태연했다.

아환은 이대로 내버려 두면 둘이서 말다툼을 하느라 자기 얘기에는 귀를 기울이지 않을 거라는 걸 깨닫고는 먼저 물었다. 이제는 질문이 생각났다.

"…두 분의 기운에 취한 겁니까?"

"그래요."

"그래요."

동시에 대답이 돌아왔다. 두 여자의 시선이 잠시 얽혔다가 떨어졌다.

서은령이 먼저 아환에게 시선을 주고 말했다.

"그래, 그러면 얘기를 해 줘야겠죠? 일단 앉을까요?"

아환은 그 말에 따라 앉으려다가, 지금 그럴 상황이 아님을 기억했다.

"혹여 추격자가 올지도 모르니 거리를 둬야 하지 않겠습니까? 게다가 전 일단 찾아봐야 할 곳이 있어서……."

"귀문인가요?"

초연이 물었다. 그리 냉랭하다고는 볼 수 없었지만, 썩 반기는 것도 아닌 묘한 표정이었다.

"네."

"어디로 가야 하죠?"

"음. 그것이……."

아환은 그 질문에 대답을 할 수가 없었다. 슬슬 해가 지려는 것을 보니 아마 귀문의 일행은 목적한 곳에 도착했을 것이다. 곤의 말로는 달리면 저녁 정도엔 도착할 거라고 했다.

이제 몸도 회복이 되었으니 아환이 달려가면 충분히 해가 뜨기 전에 도착할 수 있을 테지만 문제가 있었다.

아환은 그 위치를 몰랐다.

"그 망할 대머리."

아환은 곤을 떠올리고는 이를 갈았다. 아환을 마음에 들어 하지 않는 것은 알고 있었지만, 그럴 때 그렇게 간단히 버려 두고 갈 줄은 몰랐다.

찾게 되면 가만히 넘어가지는 않으리라. 아환은 그리 결심했다.

하지만 어떻게?

"설마 모르는 건가요?"

초연이 간단히 핵심을 짚어내었다.

아환은 그저 고개를 끄덕일 뿐이었다.

'어떻게 찾아내야 하나. 아니, 그 이전에 내가 왜 거길 가야 하더라?'

서은령이 물었다.

"왜 그 사람들 쪽으로 갈 건가요?"

아환은 미처 제대로 고민하기도 전에 질문이 들어와서 당황했다. 그래서 조금 신경질적으로 대꾸했다.

"왜 묻는 거요?"

"알고 싶어서요."

서은령의 목소리는 차분했다. 별것 아닌 일이라는 투였다.

아환은 일단 앉았다. 그리고는 자기가 왜 거기 가야 하는지를 생각해 보았다.

곤에게 한 방 먹이고 싶어서?

혈문에 대한 복수?

장무를 구하려고?

귀문을 그대로 둘 수 없으니까?

어째서?

생각이 제멋대로 튀면서 의문만 커졌다.

장무가 잡혀 갔다.

내가 장무를 구해야 하는 것인가?

간다면 뾰족한 수가 있는 건가?

내 책임도 아닌데 왜?

책임?

아환은 거기까지 생각하다가 그냥 눈을 감아버렸다.

어째선지 모르겠다.

아환은 웅얼거리듯 대답했다. 아직 상황 자체를 잘 모르겠다는 것이 솔직한 심정이었다.

"글쎄요. 일단 문주에게는 신세를 지기도 했고… 문주를 구하기도 해야 할 테고… 사부님의 말씀도 있고……."

"문주가 잡혀 갔나 보군요. 그런데 신세? 어떤 신세 말인가요? 목숨을 걸어야 할 만큼?"

서은령은 아환이 대꾸하자마자 질문을 쏟아내었다.

"지금 그대가 귀문과 얼마나 연이 있는지는 모르겠지만, 아까 분명히 귀문의 인사들과 함께 있지 않았었나요? 그들과 어째서 헤어진 거죠? 헤어지기 전에 길을 듣지도 못했나요? 설마 혼자 알아서 찾아오라고 버리고 가기라도 한 건가요?"

초연의 말은 날카로웠다. 상세히 말을 안 해도 아환이 귀문의 일행에게 버림받고 혼자서 헤매고 있었다는 것을 알아챌 것 같았다.

아환은 다시 혼란스러워졌다.

장무가 잘해 준 것은 사실이지만 목숨을 걸 만큼 잘해 줬냐고 물어본다면 대답할 말이 궁했다.

　거기다 나머지 귀문의 일행으로 말하자면 곤처럼 노골적으로 싫어하는 자는 또 없었지만, 그 옆에 사명지라고 했던 염소수염 도사도 아환을 버리는데 별 반발이 없었던 것으로 봐서는 그리 좋은 인상을 남기지는 않았던 것 같았다.

　그렇다면 조직으로써 귀문이 아환을 반길 리는 없다고 봐도 좋을 일이었다.

　그런데 왜 스스로 거기에 가려고 하는가.

　아환은 장무에게 약간의 신세를 지고 환대를 받았다. 하지만 그 신세와 환대란 것도 생각해 보면 귀문 전체가 아환을 냉대했기 때문에 일어난 일이 아니던가.

　그렇다면?

　조용히 살고 있던 귀문이 아환 때문에 난장판이 되었다는 생각. 그것이 없다고는 말을 못 할 것이다.

　"설마 그대 때문에 귀문이 습격받았다고 생각해서 그런 건 아니겠죠?"

　서은령이 그런 그의 생각을 읽고 있기라도 하듯 말했다.

　"어차피 늦든 빠르든 그렇게 되었을 거예요. 혈문의 움직임을 그렇게 노골적으로 추적하면서 들키지 않은 것이 신기할 지경이죠. 도리어 이번 습격에서 그대가 있어서 피해가 적었다고 볼 수도 있겠죠. 거기 그대 정도의 고수가 더 있지는 않았을 테니까."

서은령은 딱 잘라 그렇게 말했다.

하지만 아환은 그렇게만 생각할 수는 없었다.

어쨌든 장무가 잡혀간 것은 사실이 아닌가. 솔직히 혈문의 무사들이 장무를 구하려고 노력하기는 할 테지만, 지금 자기보다 그들의 힘이 더 나을 거라고는 볼 수 없었다. 장무를 무사히 구하려면 자신의 힘이 필요했다.

'그런데 이 망할 대머리는.'

아환은 속으로 욕을 하다가 깨달았다. 어쨌든 아환은 장무를 구하고 싶던 것이다.

왜 그런지는 나중에 생각해도 될 문제였다. 중요한 건 일단 최대한 가능한 전력을 많이 모아서 장무를 구하는 것이었다.

"잘 모르겠지만, 구하고 싶습니다."

아환은 그렇게 말했다. 서은령과 초연이 비웃는 것 같은 표정으로 아환을 바라보았다. 아환은 잠시 움찔했지만 힘주어 계속 말했다.

"두 분도 도와주셨으면 합니다."

초연은 놀란 얼굴이었다.

"지금 우리를 구해준 보답을 받겠다는 건가요?"

"그것은 아닙니다만……."

"그게 아니라면 어째서 우리가 그대의 일을 도와야 하나요?"

서은령은 웃는 얼굴이었다.

아환은 말문이 막혔다. 초연은 찡그린 채로 아환의 대답을 재촉했다.

"말을 해보세요."

아환은 대답이 궁했다. 하지만 말은 해야 했다.

"…도와주셨으면 감사하겠습니다. 두 분의 힘이 필요합니다."

"감사. 감사라……."

의외로 서은령은 아환이 무언가 중요한 말이라도 한 것처럼 그렇게 말했다.

초연은 흥 하고 코웃음을 치더니 품에서 부적을 꺼내들고 내밀며 말했다.

"불이나 피워 보죠. 아 소협, 일단 불을 피울 것을 준비해 오세요. 이걸 가져가도록 해요."

"이게 뭡니까?"

"우리끼리 얘기할 게 있어서 그래요. 아녀자들의 비밀 이야기를 엿듣고 싶은 건가요?"

아환은 질문했다가 괜한 잔소리만 듣고서 좀 떨어진 곳에서 나뭇가지를 꺾어 모았다.

태을도 둥실거리며 아환 머리 위를 맴돌았다.

힐끗 서은령과 초연 쪽을 보니 사뭇 진지한 표정으로 둘이 얘기를 나누고 있었다.

부적 때문인지 분명히 말소리가 들릴 거리인데도 둘의 이야기가 들리질 않았다.

힐끗거리다 보니 팔에 나뭇가지가 한 아름 가득 찼다. 아환은 그대로 돌아가려다가 아무래도 얘기가 길어지는 것 같아 바닥에 주저앉았다.

그리고는 토납(吐納)을 시작했다. 생 나뭇가지는 잘 타지도 않고 연기가 많이 나니 삼매진화(三昧眞火)를 이용해서 나무를 말리려는 것이다.

살아 있지 않은 물건이 보통 생기를 받으면 가장 먼저 열이 난다.

천하에 무공들이 다양하여 개중에는 차가워지는 것도 있기는 하지만 절대 다수 물, 돌, 쇠 등 온갖 것들에 사람이 기운을 불어넣으면 뜨거워지는 것이 보통인 것이다.

삼매진화는 그것을 이용하여 물건을 말리고, 태우는 것이다.

나무는 꺾인다고 하여 바로 죽는 것은 아니지만, 흙에 들어가 있지 않은 나무는 내부에서 기운이 순환하지 않으므로 죽은 것이나 진배없다.

삼매진화는 단시간에 얼마나 대량의 기운을 불어넣을

수 있느냐 하는 것이 관건으로, 쓰기 힘든 기술은 아니었다.

하지만 기운을 그냥 퍼붓기만 하는 것이라 어느 정도 기운이 있는 자가 쓰지 않으면 곧 기진맥진해 버리는 탓에 주로 싸움 이전에 확실한 실력 차를 보여 상대의 기를 죽이거나 할 경우에 쓰는 것이지 다른 때는 쓸모가 없었다.

진기의 소모가 심한 것이라 이전의 아환이었다면 삭정이를 주으러 다녔지 결코 삼매진화를 이용해서 말릴 생각은 하지 않았을 것이다.

하지만 지금이라면 할 수 있다. 그런 느낌이 들기도 했고, 몸 상태를 확인하고 스스로 능력을 확인하기에도 딱 좋은 방법이다.

아환은 숨을 들이쉬었다.

보통의 토납법(吐納法)은 내쉬는 것으로 시작하지만, 음혼구귀초래법(陰魂九鬼招來法)은 달랐다.

들이쉬는 것부터 시작하는 것이다.

숨을 들이쉬면 동시에 태양혈과 눈이 반응한다.

눈으로 들어온 귀기(鬼氣)는 태양혈(太陽穴)을 자극하고, 태양혈에서 들어오는 숨과 반응하여 그것을 끌어들인다. 그 반응한 기는 천령개(天靈蓋)에 갇혀서 돌게 된다.

천령개 아래에 모인 기는 계속 돌다가 백회혈(百會穴)

로 들어오는 귀기와 반응하여 서서히 귀기로 변하는 것이다.

그렇게 하는 동안 가장 중요한 것은 심장의 맥동과 호흡, 그리고 상단전의 심상을 일치시키는 것으로, 그 부분이 제대로 되지 않으면 귀기가 쌓이지 않음은 물론, 심하게 어긋나게 되면 마(魔)가 들릴 수도 있는 것이다.

그렇게 천령개 아래에서 완전히 귀기로 변한 기는 그 안쪽, 상단전(上丹田)에 쌓이게 되고, 그 다음에 숨을 내쉬면 그것이 일주천(周天)이 된다.

그렇게 하여 더도 덜도 말고 일백여덟 번 반복하는 것이 한 단계의 수련이지만, 지금 아환은 수련을 하려고 한 것이 아니었다.

그렇게 하여 들어온 귀기를 몸에 돌렸다. 특별히 방향을 지정한 것이 아니라 자연스럽게 흐르는 것을 느껴보았다.

상단전에서 내려와 양쪽 눈을 거친 귀기는 사라져서 가슴에서 나타난다. 그 이후에 왼 다리의 내부를 따라 흐르고, 다시 사라졌다가 눈에서 나타나고 또 사라진다.

마지막에는 오른 다리에 나타났다가 사라지고, 결국 상단전으로 돌아간다.

그 와중에서 일부는 사라지고, 일부는 보통의 내기로 변해서 몸에 흡수된다.

아환은 여전히 귀기가 전신에 다 통하지 않는다는 것에 의문을 느꼈다.

아환은 통상 내기가 움직이는 대로 척추를 통해 귀기를 흘려보내 보았다.

특별히 이상은 없었지만 묘하게도 계속 신경을 쓰지 않으면 다시 그 이상한 순서로 돌아가 버렸다.

아환은 속으로 이상하다는 생각을 하며 일단 팔에 귀기를 보냈다.

아환의 단전에 축기된 기는 사실 얼마 되지 않았다.

그 양으로 치자면 중소 표국의 표두 정도나 될까 하는 정도였다. 그 정도라면 전력을 쏟아부어도 나뭇가지 두어 개를 말리면 다행일 정도였다.

물론 아환은 그냥 내기를 쏟아부을 작정은 아니었다.

귀기를 반전시켜 통상의 기운으로 바꾼 뒤, 그것을 이용할 생각이었다.

귀기를 반전시키는 것이 아환이 환골탈태를 하면서 할 수 있게 된 것인지 아니면, 할 수 있게 되어서 환골탈태를 한 것인지는 스스로도 알 수 없었다.

하지만 일단 할 수 있다는 것은 분명한 사실이니 얼마나 오랫동안, 얼마나 자연스럽게 할 수 있는지를 시험해 볼 요량이었다.

그러자면 특별한 기교가 필요 없는 삼매진화가 적격이

었다.

아환은 눈을 감고 몸 내부에서 돌아가는 기의 흐름에 정신을 집중했다.

숨을 들이쉬고, 눈을 뜨고 귀기를 받아들인다.

태양혈을 열어 외기(外氣)를 들여오고, 눈으로 들어온 귀기와 반응시킨다.

반응시킨 외기를 천령개까지 끌어 올리고 돌린다.

백회혈을 열어 외부에 있는 귀기를 끌어들인다.

심장의 맥동과 상단전의 심상, 호흡을 일치시킨다.

상단전의 귀기를 아래로 밀어낸다.

척추를 지나 팔로 귀기가 흐른다.

그동안 들어온 숨이 모두 귀기로 변하면 눈을 감고 숨을 내쉰다.

그러면 내기가 움직인다. 내부의 부정한 기운을 내뱉고 나면 귀기가 손끝까지 모두 들어차고 다시 돌아온다.

그때 귀기를 팔 전체로 내뿜으며 심상(心想)을 반전(反轉)한다.

그러면 귀기는 보통의 기운으로 변하여 나뭇가지에 들어가고 열이 난다.

아환은 눈을 감았다 떴다 하며 계속해 기운을 돌렸다.

눈, 상단전, 팔, 눈, 상단전, 팔, 눈, 상단전, 팔, 숨을 한 번 들이쉬고 내쉴 때마다 한곳씩 마음을 주어 귀기를 옮긴다.

얼마나 했을까, 그것이 자연스럽게 느껴지고 잡념이 없어졌다.

고요하고 아늑한 공간.

거기서 아환은 다른 생각은 하나도 하지 않았다.

오직 하나.

눈, 상단전, 팔.

신체의 세 군데만을 신경 쓰며 귀기를 축기하고 순환시키며 반전시켰다.

눈을 뜨고는 있어도 보이지 않고 보이는 것이 있어도 아환에게는 아무런 의미가 없었다.

아늑한 반복 작업이었다. 아환은 즐거움을 느끼며 그 작업을 반복했다.

계속할수록 더욱 몸이 따뜻해지고 마음이 푸근해졌다.

그렇게 얼마나 지났을까, 자꾸 귓가에 계절에도 맞지 않는 모기가 앵앵대었다.

아환은 인상을 찌푸리고는 계속 내부로 파고들었다. 그러다가 갑자기 팔이 허전해졌다.

귀기를 팔에서 반전시켰는데 아무 데도 닿지 않는 것이다. 그저 허공에 흩어질 뿐.

아환은 그 뒤에도 세 바퀴를 더 돌리고서야 토납을 멈추었다.

멍한 아환의 눈앞에 초연의 얼굴이 보였다. 숨이 닿을 정도로 가까운 거리였다.

"우왓?"

아환은 기겁하여 뒤로 넘어갔다.

"마(魔)가 들리진 않았네. 괜한 걱정이었어."

초연은 대수롭지 않게 서은령에게 그리 말하며 몸을 돌렸다.

서은령은 모닥불 옆에 앉아서 넘어진 아환을 보며 깔깔 대고 웃었다. 아마 그 모닥불은 아환의 팔에 들려 있던 나뭇가지일 것이다. 아환이 정신이 혼미한 사이에 그녀들이 팔에서 빼내어 불을 붙인 듯했다. 어쩌면 아환은 불이 붙은 것도 모르고 계속 연공을 하고 있었을지도 모른다. 아니, 아마 확실할 것이다. 그래서 그녀들이 아환이 주화입마(走火入魔)에 걸릴까 우려하여 그렇게 깨운 것이리라.

아환은 창피하기도 하고 얼떨떨하기도 해서 아무 말 못하고 일어나 두 여자와 조금 떨어진 곳에 앉았다.

"수련을 제대로 하질 않으니까 그 정도 연공(練功)하는 데도 화기(火氣)를 다스리지 못하는 거예요."

서은령이 그렇게 말하자 아환은 반발했다.

"수련을 게을리 하지는 않았습니다."

"수련을 게을리 하지는 않았습니다."

서은령은 조금 뚱한 아환의 목소리를 흉내내어 똑같이

말하고는 다시 깔깔대고 웃었다.

"수련이라 봐야 귀기를 다루는 것이 전부였겠지요. 흥! 혈천이 가르쳤다면 틀림없이 기초 따위는 등한시하고 바로 결과가 보이는 것만 가르쳤을 테니 당연한 일이에요. 그러니 이 정도 연공에 마(魔)가 들릴 뻔한 거죠."

초연은 한심하다는 얼굴로 그렇게 말했다.

"아니, 그런……."

아환은 무어라 변명을 더하려 했지만 초연의 말이 더 빨랐다.

"무형천수(無形千手), 호충내경(壺沖內徑), 운경(澐經), 명좌서(瞑坐書), 망중서(望重書). 자, 이 중에서 한 번이라도 읽었던가 아니면, 얘기라도 들어본 게 있으면 말해 보세요. 혈천이 나중에라도 읽어보라고 말을 하기는 해주던가요?"

아환은 완전히 말이 막혀 버렸다.

"그대는 지금까지 귀기를 주로 이용하였으니 느껴본 적이 없겠지만 축기(築氣), 연공(練功)을 하다 보면 반복되는 그 호흡 자체에 매력을 느끼고 빠져들게 되지요. 그 단계를 거쳐서 정신을 온전히 유지하고 전신을 자기 제어 아래에 두는 것이 공부(工夫)의 기초랍니다."

서은령은 웃는 얼굴로 말했지만, 아환은 마구 부끄러워졌다. 마치 그것도 모르냐고 비웃는 것 같았다.

마침 그때 계무득이 깨어났다.

"우암. 잘 잤다. 응? 무슨 일 있어요?"

계무득은 깨어나자 묘한 공기를 읽었는지 아환과 서은령, 초연을 번갈아 보며 물었지만, 거기에 대한 대답은 돌아오지 않았다.

"몸은 좀 어때요?"

초연이 화제를 돌리려는 듯 계무득에게 물었다.

"자고 일어났더니 쌩쌩해요! 그런데 본좌는 배고파요!"

계무득이 마침 딱 좋은 화제거리를 던져 주었다.

"그래요. 일단 식사를 하는 게 좋겠어요."

서은령은 그렇게 말하며 살짝 귀기를 흘렸다.

옅은 귀기는 짐승을 부른다.

아환도 사냥을 위해 자주 쓰는 방법이었다. 초연은 그런 서은령을 힐끗 보더니 입을 열었다.

"자, 그럼 아까 하던 얘기를 계속해 볼까요? 지금 귀문을 찾아야 하는데 위치를 모른다는 거죠?"

"도와주시는 겁니까?"

아환이 반색하여 소리쳤다.

"응? 뭐예요? 소형제, 소형제. 무슨 재미난 일이 있는 거야?"

계무득이 무슨 얘긴지 모르고 끼어들었다. 초연은 계무득을 보고 웃으며 물었다.

"계 동생은 아 소협이 좋나요?"

"물론이죠!"

아환은 옆에서 조금 민망한 얼굴이 되었다.

"잘되었군요. 당분간 우린 아 소협과 같이 갈 거예요."

"응? 같이 가서 무얼 하는 거예요?"

"나쁜 놈들을 때려잡는 거죠."

초연은 간단하게 말했다. 계무득의 얼굴에 화색이 돌았다.

"우와! 그거 좋아요! 소형제! 걱정 마. 본좌가 나쁜 놈들은 다 때려잡아 줄게!"

"감사합니다."

아환은 의욕 만만인 계무득에게 포권하며 인사했다. 그다음에 초연과 서은령에게 다시 인사했다.

"감사합니다."

"이걸로 끝은 아니겠죠? 그 감사란 거."

"물론입니다!"

"그래, 그럼 다음에는 어떻게 감사할 건가요? 물구나무 서서 포권이라도?"

서은령의 농에 아환은 할 말이 없었다. 그녀들이 무얼 원하는지는 모르지만, 아환이 그녀들에게 해 줄 수 있는 일이라고는 정말 감사밖에 없었던 것이다.

"아 소협이 도와줄 일이 있을 거예요. 일단 이 일이 끝나고 나면 우리 일을 돕도록 하세요."

초연이 약간 못마땅한 듯 아환을 보며 말했다.

아환은 즉시 대답했다.

"물론입니다."

어디선가 올빼미 한 마리가 소리도 없이 와서 서은령 앞에 내려앉았다.

초연이 그 머리를 톡 하고 건드리자 올빼미는 아무런 소리도 내지 않고 축 늘어졌다.

감탄스러운 암경(暗勁)이었다.

아환도 할 수는 있겠지만, 아환의 경우라면 틀림없이 올빼미의 몸이 터지든지 비명이 나든지 할 터, 초연처럼 깔끔하게 처리는 할 수 없었다.

아환이 감탄하는 시선으로 바라보자 초연은 아환을 힐 끗 보더니 아예 고개를 돌렸다. 서은령은 그걸 보고 살짝 웃었다. 초연은 작게 흥 하는 소리를 내더니 서은령에게 물었다.

"넉넉하게 준비하는 게 좋겠지?"

"그렇겠지. 찾을 곳이 넓으니까."

"올빼미는 맛있나요?"

계무득이 끼어들었다.

"이건 먹을 게 아니에요."

"그럼 어디에 써요?"

초연 대신 서은령이 대답했다.

"강시를 만들 거예요."

그 말을 듣고 아환이 놀란 표정으로 서은령을 쳐다보았다. 강시라니?

아환의 머릿속에 지금까지 본 강시에 대한 것들이 두서없이 떠올랐다.

이마에 부적을 붙이고 이해할 수 없을 정도로 강한 괴물.

방울 소리.

그리고 강시를 만들기 위해 희생된 사람들의 처참한 모습.

아환은 입을 열어 물어보려고 했다. 하지만 서은령이 더 빨랐다.

"이제 와서 놀라면 그대의 머리가 나쁘다는 것밖에는 안 되는 거랍니다."

서은령이 별것 아니라는 말투로 웃으며 그렇게 말하자 초연이 한마디 툭 던졌다.

"아직도 몰랐나요?"

아환은 어쩐지 아까부터 자기만 바보가 되는 것 같아서 기분이 나빠졌다. 하지만, 계무득이 그런 그를 구해주었다.

"검은 누님은 강시를 만들 수 있는 거예요? 강시는 어떻게 만들어요?"

"그런 거에 관심가지면 나쁜 아이예요!"

초연이 계무득에게 호통을 쳤다.

"에? 그럼 검은 누님은 나쁜 사람이에요?"

서은령은 계무득의 말에 풋 하고 작은 소리로 웃었다. 그리고는 고개를 끄덕이며 말했다.

"그래요. 누님은 나쁜 사람이랍니다. 그래서 연이가 계속 쫓아왔던 거예요."

아환은 속에서 의문이 부글부글 끓었다. 어째선지 참아야 한다는 생각이 들었지만 마땅한 이유를 찾을 수 없었다.

결국 아환은 떠오른 질문을 뱉어내고 말았다.

"그 강시들은 소저가 만든 것이오?"

서은령이 움찔거리며 천천히 고개를 돌렸다. 아환은 눈을 부릅뜨고 그녀를 마주 보았다.

돌이켜 생각하면 모든 것의 시초는 강시였다.

강시, 그리고 강시를 조종하던 자가 원진을 죽이고, 아환도 죽일 뻔했다.

그 이후에 소림에서 원진을 죽인 자로 오해를 사고, 마장호로 오인을 받고, 계속해서 오해와 사고의 연속이었다.

거기다 강시를 만들기 위해 희생된 그 사람들. 시체 조각, 육신과 함께 조각난 귀(鬼). 그것을 보고 혈문을 없애야 한다는 확신을 가지게 되었다.

그런 생각으로 바라보고 있는 아환 앞에서 서은령은 얼굴을 일그러뜨렸다. 분명한 분노였다.

"그런 허접한……."

거기까지 말하고는 서은령은 아차 하는 얼굴이 되었다.

"…사악한 물건을 만들 거라 생각하나요?"

서은령은 그렇게 말했지만 아환의 표정은 싸늘하게 변한 뒤였다.

"늦었네. 인두겁을 쓰려면 좀 더 확실히 붙들고 있어야 하지 않겠어?"

초연이 이죽거렸다.

서은령은 지금까지 아환이 본 얼굴 중에서 가장 매서운 얼굴이 되어 초연을 노려보다가 아환을 돌아보고 미소를 지어 보였다. 아환은 어쩐지 그 얼굴이 가식적으로 보였다.

"…나쁜 계집애 같으니라고. 지금 그게 할 말이니? 음. 이해할지는 모르겠는데. 일단 난 그대가 생각하는 일에는 관련이 없어요. 맹세하죠."

서은령은 그렇게 말했지만 아환은 믿을 수가 없었다.

강시는 시체로 만드는 것이고, 지금까지의 아환이 본 것을 종합해 보면 서은령은 분명히 혈문에서 강시를 만들고 있었다.

아환에게 왔던 까마귀나, 데리고 다니던 토끼도 아마 강시일 것이다. 이제야 그간 괴상하게 여겼던 의문들이 하나씩 풀리고 있었다.

그렇다면 어떤 형태로든 그 참극과 관련이 있을 것이다. 거기까지 생각하자 더 이상 참을 수가 없었다.

"그게 무슨 말이오!"

서은령 대신 초연이 새초롬한 얼굴로 아환을 노려보며 그 말을 받았다.

"소리 지르지 말아 줄래요? 아 소협이 지금 이 계집애에게 화를 낼 이유는 없어 보이는데요."

아환은 초연의 말이 어처구니가 없었다.

초연은 서은령이 강시를 만드는 것을 막으려고 했던 것이 아니던가?

아환은 초연도 믿을 수가 없어졌다.

그 와중에 어느새 온 건지 오소리 한 마리가 그들 사이로 다가왔다. 서은령이 그 오소리의 머리를 살짝 건드리자 오소리도 아까 올빼미처럼 아무 소리 없이 늘어졌다.

그 이후에 서은령은 무서운 눈길로 초연을 노려보고는 말했다.

"끼어들지 마. 아니, 그래 편들어 줘서 고마운데. 일단 내가 얘기 할게."

"마음대로 하렴."

계무득은 상황이 험악하게 돌아가자 무어라 말하려 하다가 초연과 서은령의 얼굴이 일그러진 것을 보고는 목을 움츠리고 아무 말이 없었다.

"그대가 본 강시는 내가 만든 것이 아니에요. 분명히 말하는데, 그들의 강시와 내 강시는 똑같이 부르고 있기는 하지만 전혀 다른 물건이에요."

"사람은 물건이 아닙니다."

아환의 말에 서은령의 인상이 찌푸려졌다. 그녀는 살짝 높아진 음성으로 말을 받았다.

"말꼬리 잡지 말아줄래요? 그리고 강시는 물건이 맞아요. 이미 인간도 아니고 혼백도 없으니까."

"인간을 죽여 만들지 않습니까!"

아환은 항변했다.

"그러니까 그런 건 허접한 물건이라니까 그러네요. 내가 만드는 것은 그런 생신(生身)을 이용하는 방법이 아니에요. 난 혈문에 생신을 이용하는 방법을 가르친 적도 없구요. 그건 그들이 지난 삼백 년 동안 발전시켜 온 것뿐이에요."

서은령은 짜증스러움을 감추려는 기색이 역력했다. 아환은 설명을 완전히 알아듣지는 못했지만, 그녀가 혈문의 만행과 직접적인 관계가 없다고 말하는 거란 것 정도는 알 수 있었다.

하지만 그녀의 말을 믿는다고 해도 여전히 의문점은 있었다.

"하지만 그때는 분명히 그 강시를……."

"그런 어린애 장난 같은 조종 체계는 얼마든지 가로채서 조종할 수 있어요! 날 어떻게 보는 건가요?"

그녀는 버럭 화를 냈다. 아환은 그녀가 도리어 화를 내자 당황했다. 거기다 화를 내는 부분이 아환의 예상과 약간 달라서 더욱 그랬다.

"사악한 계집애."

초연이 한마디를 더 보태자 서은령은 화난 얼굴 그대로 소리쳤다.

"끼어들지 말라니까!"

"남자에 헤롱헤롱해서는 어떻게든 잘 보이려고 애쓰는 걸 보니 기분이 나빠졌을 뿐이야."

갑자기 다들 말이 없어졌다.

계무득은 약간 겁먹은 얼굴로 눈을 굴려 돌아가는 것을 살폈다.

아환은 무슨 이야긴지 알아들을 수가 없었다. 귀로는 분명히 들었지만 머릿속에서 그 말이 받아들여지지가 않았던 것이다.

서은령은 평소의 그녀와는 다르게 눈을 휘둥그레 뜨고 멍하니 있었다.

이 모든 것을 보고 초연은 하 하고 한숨을 내쉬었다. 고개를 몇 번 젓고는 아환을 보고 말했다.

"지금 얘는 아 소협에게 잘 보이려고 하는 거예요. 안그렇다면 어째서 변명을 하겠어요?"

"무, 무슨……."

서은령이 무어라 말을 하려고 했지만, 초연은 무시하고 계속 말했다.

"아까 어째서 아 소협의 정신이 혼미해졌냐고 물었나요? 이 계집애가 아 소협을 유혹하려고 해서 그래요."

"무슨 소리를 하는 거니!"

급기야 서은령이 손을 뻗었다.

쉬익!

가벼이 볼 소리는 아니었다. 하지만 예상하고 있었던 듯 초연은 간단히 피했다.

"넌 이럴 때만 수줍은 척하더라?"

서은령은 초연의 말에 대꾸를 하지 못했다.

"깔끔하게 모두 얘기해 주면 끝날 일이잖아."

얘기하는 사이에 여우 한 마리와 올빼미 한 마리가 더 꼬여들었다.

초연은 손을 저어 둘을 죽이고 아환을 가리키며 물었다.

"아 소협. 혈천에게서 어디까지 들었죠? 음혼구귀초래

법이 어떤 건지 제대로 들었나요?"

아환은 반사적으로 대답했다.

"으, 음혼구귀초래법은 상단전을 활용하여 귀기(鬼氣)를 쌓고 그것을 활용하는……."

초연은 끝까지 듣지도 않고 손을 내저어 말을 막았다.

"다 들을 것도 없군요. 가장 핵심적인 것을 제대로 듣지 않았어요."

초연은 후 하고 한숨을 내쉬며 다시 앉았다. 그 다음에 무언가에 대해 허락을 구하는 것처럼 서은령을 바라보았다.

"마음대로 하렴. 하아, 그대는 각오를 해야 될 거예요."

아환은 뭘 각오하라는 건지 잘 모르겠지만, 일단 분위기에 휩쓸려 고개를 끄덕였다. 여하튼 돌아가는 상황을 알려면 설명을 들어야 했다.

초연이 설명을 시작했다.

"인간이 만드는 모든 것에는 다 저마다의 목적이 있지요."

아환은 어쩐지 길고 복잡한 얘기가 될 것 같다는 생각을 하면서 고개를 끄덕였다.

"그럼 음혼구귀초래법은 무얼 위해서 만든 거라고 들었나요?"

아환은 전혀 듣지 못했던 내용이었다. 목적?

"에… 적을 쓰러트리기 위해……."

말하면서도 자기 말이 맞을 거라고 생각하진 않았지만, 초연이 한심하다는 시선으로 쳐다보자 괜히 말했다는 후회가 밀려들었다.

"약속은 지켰군요, 그가."

서은령이 약간 아련한 얼굴로 그렇게 말했다.

"흥!"

그 말을 듣고 초연은 못마땅한 얼굴로 콧방귀를 뀌었다.

"약속이야 당연히 지켜야지. 사내가 그리 입이 가벼워서야 되겠어?"

초연은 혼잣말처럼 그렇게 얘기하더니 설명을 계속했다.

"처음 만들어졌을 때 음혼구귀초래법의 목적은 이름 그대로였어요. 귀신을 아홉 부르는 술법이지요. 일종의 강령술이랄까?"

"무공이 아니었던 겁니까?"

아환은 놀라 물었다.

"적어도 우리가 그에게 가르쳐 주었을 때는 무공이 아니었죠."

아환은 더욱 놀랐다. 음혼구귀초래법이 아수라의 독문무공이 아니었단 말인가? 아니, 거기다 어떻게 그녀들이 아수라에게 무공을 가르쳐 줄 수가 있었단 말인가. 아수라가 살아 있을 때는 삼백 년 전이고 그녀들은 기껏해야 스물도 되지 않았을 텐데.

아환의 놀란 표정을 보고 서은령이 보충해 설명했다.

"그대가 지금 배운 것은 혈천의 독문무공이 맞아요. 하지만 그 기초는 우리가 가르쳐 준 강령술이었지요. 우린 혈천이 그걸 무공으로 가다듬었을 때, 타인에게 그것을 가르칠 날이 혹여 온다면 우리 이야기는 하지 말라고 요구했지요."

아환은 약간 이해가 되는 것 같았다. 혈천은 서은령과 초연이 가르쳐 준 강령술을 기초로 하여 같은 이름으로 무공을 만든 것이다.

"설마 그걸 배울 수 있는 자가 또 나올 거라고는 예상하지 못했지만."

초연은 아환을 쳐다보며 그렇게 덧붙였다.

그때 계무득이 끼어들었다.

"본좌도 배웠어요!"

"그래요. 계 동생도 할 줄 알지. 하지만 계 동생과 아소협의 음혼구귀초래법은 다른 거예요."

초연이 말했지만 계무득은 이해가 안 되는 표정이었다. 사실 아환도 그랬다.

"하지만 이름이 같은 걸요? 귀신도 볼 수 있고."

"겉으로 보이는 부분만 같을 뿐이에요."

"그럼 본좌의 사부님은 혈천이 아닌 건가요?"

"그건 모르겠어요."

초연은 그렇게 얘기했지만, 아환은 순간 그 말이 거짓 말이라고 생각했다. 이 두 여자는 계무득의 스승을 알고 있었다. 이유 없이 그런 확신이 들었다.

지금 묻고 싶었지만 계무득을 아끼는 초연의 태도를 볼 때, 계무득이 알아서 좋을 건 없겠다는 생각이 들었다. 그래서 아환은 나중으로 그 질문을 미루었다.

대신 그는 아까 하던 이야기를 재촉했다.

"그런데 왜 사부님께 강령술을… 그리고 그 강령술은 무엇을 위한 것이었습니까?"

"동족을 찾기 위한 것이었죠."

초연이 그렇게 말하자 서은령이 나무라는 듯한 눈빛으로 급히 보충하려 했다.

"동족이라고 하면 오해의 소지가 있지만……."

하지만 초연은 그 말을 잘라먹었다.

"어차피 인간이 아니잖아?"

아환은 도대체 이해할 수 없었다. 동족 찾기라니? 거기다 인간이 아니라니? 요괴나 선녀라도 된다는 말인가?

'선녀…….'

갑자기 그게 말은 된다는 생각이 들었다. 그녀들의 미

모는 선녀라고 해도 믿을 정도이기는 했다.

"내 입으로 얘기하긴 뭣하지만, 선녀 같은 걸로 생각하지는 말아주세요, 민망하니까. 그렇다고 요괴로 생각하면 혼이 날 거예요."

초연은 새초롬하니 그렇게 덧붙였다. 아환은 괜히 마음을 들킨 것 같아 뜨끔한 얼굴이 되었다.

계무득이 얼이 반쯤 빠진 표정으로 물었다.

"누님들은 사람이 아니에요? 그러면 뭐예요?"

초연은 계무득을 잠시 잊었던 듯, 아 하는 소리를 내고는 말했다.

"사람 맞아요."

"방금은 사람 아니라면서요?"

초연은 곤란한 표정이었다.

"일단 얘기 끝까지 들어요."

결국 초연은 말을 돌리고, 설명도 서은령에게 미루었다.

"오해의 소지가 있지만 확실히 말씀드리자면, 우리 둘이 사람이 아닌 건 아니에요. 하지만 그러니까… 뭐라고 해야 하나. 그러니까… 그게… 진지하게 들어주세요. 제가 하는 말이 안 믿어질 수도 있지만… 그러니까… 진지하게 듣고 있으신 거죠? 저희 말을 믿어줄 수 있죠?"

설명을 이어받은 서은령은 몇 번이나 뜸을 들이면서 좀처럼 말을 하지 않았다.

"듣고 있소."

아환은 설명을 재촉했다. 서은령은 그 말을 듣고서 크게 숨을 들이쉰 다음, 한 번에 말했다.

"우리는 불멸(不滅)이에요."

아환은 지금까지 들은 이야기 중에서 그것이 가장 황당했다.

"물론 믿기 힘들 거란 건 알아요. 하지만 그건 정말이에요."

"그러니까, 아 소협. 뭐라 말해야 이해를 할까 모르겠지만……."

초연과 서은령은 얼이 빠진 아환의 표정을 보고서 제각각 한마디씩을 더 보태었지만, 아환이 이해할 만한 설명이 나오지는 않았고, 그래서 아환의 표정은 쉬이 돌아오지 않았다.

"으음… 아, 한번에 너무 많은 귀기를 쌓으면 혼백의 균형이 어긋나 산 채로 귀신이 되어버린다는 걸 알고 있나요?"

초연이 고민하더니 아환이 아는 이야기를 꺼내들었다. 아환은 그 이야기는 꽤나 들었기 때문에 고개를 끄덕였다.

초연은 그걸 보더니 다행이라는 표정으로 설명을 시작했다.

"그렇다면 그 산 채로 귀신이 된다는 것은 무엇을 말하는 걸까요?"

아니, 질문을 시작했다. 아환은 그러고 보니 거기에 대해 생각해 본 적이 없다는 것을 깨달았다. 그래서 잠깐 생각하고 대답했다.

"몸에서 혼백이 분리되어 귀신이 된다는 이야기가 아닐까요?"

"그렇지요. 그렇다면 그렇게 귀신이 된 자는 살아 있는 걸까요?"

아환은 아까보다는 조금 더 생각했다.

"혼백이 몸에서 빠져나갔으니 죽은 것이라 볼 수 있지 않을까요?"

"그러면 그 혼백이 다시 몸으로 들어가면요?"

이번 질문은 복잡했다. 처음에 아환은 당연히 살아난다고 말하려고 했다. 하지만 그 몸이라는 것이 이미 죽어 있다면? 아니, 아까 몸이 죽어 있다고 대답하지 않았나? 그러고 보니 혼백이 빠져나가면 얼마나 있다가 몸이 죽는거지?

아환의 머릿속에 의문이 가득 찼다. 초연과 서은령이 눈을 빛내며 아환의 대답을 기다리고 있었기에, 아환은 적당한 대답을 했다.

"잘 모르겠지만, 몸이 살아 있냐 아니냐에 따라 다를 것 같습니다."

"좋아요. 그러면 사람은 언제 죽을까요?"

"그거야……."

아환은 이번에야말로 한 번에 대답하려다가 다시 말문이 막혔다.

너무 당연한 것이라 생각하니 무언가 함정이 있지 않을까 하는 생각까지 들었다. 그런데 계무득이 불쑥 말했다.

"죽을 때 죽는 거죠."

아환은 그 어처구니없는 말에 실소를 흘렸다. 하지만 초연의 생각은 다른 모양이었다.

"역시 우리 계 동생이 똑똑해요."

초연은 웃으며 계무득을 칭찬했다. 아환은 계무득의 말에서 자기가 알아채지 못한 숨은 의미가 있는가 하는 고민에 빠졌다.

"사람은 죽을 때 죽어요. 그러면 죽지 않으면 죽지 않아요."

서은령이 더욱 수수께끼 같은 말을 하며 필사적으로 혼란에서 빠져나오려는 아환을 다시 구렁텅이로 걷어차 빠트렸다.

"무슨 말입니까?"

아환은 서은령을 보며 물었다. 서은령은 약간 수줍어하는 표정으로 대답했다.

"간단히 얘기하면 이런 거죠. 몸이 죽기 전에 몸이 죽지 않았으되, 혼백이 없는 몸에 들어가면 사람은 죽지 않아요."

아환은 머리를 무언가로 얻어맞은 느낌이었다.

"요괴……."

저도 모르게 그런 말이 튀어나왔다. 황급히 입을 다물기는 했지만 이미 둘 다 그 말을 들은 다음이었다.

"우리는 그 요괴 후보를 찾고 있었어요. 그대의 스승도, 그대도, 훌륭한 요괴 후보란 거죠."

서은령이 하는 말에는 가시가 약간 있었다. 아환은 약간 당황하기도 했고 내용 자체가 충격적이기도 하여 자기가 들은 것을 확인하려 들었다.

"그, 그러니까 음혼구귀초래법을 배우면……."

"처음 음혼구귀초래법은 귀를 볼 수 있는 자, 그러니까 최소한 눈에 귀기가 통하는 자가 상단전에 귀기를 축기할 수 있도록 하고, 보이는 귀(鬼)에 귀기를 불어넣을 수 있도록 하는 수법이었죠. 그렇게 다른 귀에 귀기를 불어넣을 수 있다면 스스로의 혼백에도 귀기를 불어넣을 수 있으니까. 보통의 귀신보다 훨씬 오래 견딜 수 있어요."

초연의 설명에 아환은 멍한 기분이 되었다.

"그럼… 두 분도 음혼구귀초래법을……."

초연이 그 질문을 받아 대답했다.

"아니에요. 우리가 쓰는 것은 다른 술법. 우리 말고는 쓸 수도 배울 수도 없는 것이죠. 음혼구귀초래법은 그것을 기초로 다른 자들도 쉬이 배울 수 있도록 만든 것이에요."

"두 분은 지금까지 남의 몸을 빼앗아가며……."

이번 질문에는 서은령이 대답했다. 강하고 명확한 어조였다.

"남의 몸을 빼앗는 것이 아니에요."

아환은 서은령을 바라보았다. 그녀는 아환을 똑바로 보고 다시 말했다.

"남의 몸을 빼앗는 것이 아니에요. 우리는 아직 태어나지 않은 아이의 몸에 들어가지요. 갓 잉태된 아이에게는 아직 혼백이 깃들지 않아요. 어머니의 뱃속에서 몸이 자라면서 천천히 혼백이 깃들어 가게 되는데 우리는 그런 태아에게 들어가서 처음에는 모든 기억을 잃고서 그 부모의 아이로 살아가다가 천천히 우리가 누군지 기억해 내게 되지요. 이것이 환환현현환생술(丸還現見還生術)이에요."

아환은 입을 헤벌리고 가만히 두 여자를 바라보았다. 계무득은 의외로 충격이 없는 표정이었다.

"어르신은 알고 계셨습니까?"

아환이 묻자 계무득은 무슨 소리냐는 듯 간단하게 대꾸했다.

"응? 본좌는 모르는 게 없어. 누님이랑은 한 번 헤어진 적이 있어. 그게……."

계무득은 기억을 더듬는 얼굴이었지만, 생각이 안 나는 듯 말을 하지 못했다. 초연이 대신 아환에게 대답해 주었다.

"지난번에 제가 죽을 때는 계 동생이 함께였지요. 다시 태어나서 만날 수 있으리라고는 생각 못했어요. 당연히 함께 죽었을 거라고 생각했는데……."

초연은 말끝을 흐렸다. 눈가에 살짝 눈물이 어렸다.

아환은 마음이 약해지는 것을 느꼈다. 어쩐지 그녀의 어깨를 보듬고 저 눈물을 닦아주고 싶은 생각이 들었다.

"나쁜 계집애. 나보곤 뭐라 그러더니. 자긴 더하고 있네."

서은령이 그렇게 이죽거리지만 않았어도 틀림없이 그랬을 것이다.

아환은 반쯤 나간 손을 거두어들이며 둘의 시선을 피했다.

"내가 예쁜가요?"

초연이 뜬금없이 물었다. 아환은 무어라 대답해야 할지 몰라서 당황했다.

"나는 어떤가요?"

그런데 서은령도 같은 것을 물었다. 아환은 더욱 당황하여 더듬거렸다.

"두, 두 분 다 아름다우십니다."

간신히 그렇게 말을 하자 그녀들은 장난스런 얼굴로 조금 더 다가왔다.

"그런가요? 그럼 누가 더 예쁘죠?"

"나인가요? 아니면 연이?"

아환은 둘이 바싹 다가오자 어쩔 줄 모르고 조금 더 멀리 앉았다.

두 여자는 그런 아환의 모습을 보고는 깔깔대고 웃었다.

"미안해요. 그냥 아 소협의 반응이 너무 재미있어서……"

"지금 그대에게는 우리가 천하제일의 미녀로 보일 거예요."

서은령은 단정하듯 그렇게 말했다. 약간 부끄러운 기색이기는 했지만 농담으로 한 말은 아닌 것 같아 보였다.

"음혼구귀초래법은 그런 거니까요."

초연이 거기에 이해 가능할 만한 설명을 덧붙였다. 아환은 무언가 알 것 같았다.

"지금 제 감정에는 음혼구귀초래법의 영향이 많다는 겁니까?"

"동료가 우리를 마음에 안 들어하면 곤란하지 않겠어요?"

서은령은 미소 지으며 그렇게 대답했다.

"물론 우리가 지금도 천하제일 미녀인 것은 맞지만, 아무래도 세상에는 기인이사(奇人異士)가 많은 법이니 조심스러워 질 수밖에 없죠."

"누님들은 소형제랑 혼인을 할 생각인가요?"

문득 계무득이 그렇게 물었다. 그러자 두 여자의 얼굴이 새빨개졌다.

서은령이 먼저 변명했다.

"그, 그런 건 아니에요."

"그냥. 뭐라고 할까. 알겠어요? 아 소협. 그대는 우리한테는 몇 백 년 만에 처음 만나는 남자인 거예요. 다른 사람들처럼 그냥 바로 스러져 버릴 인연이 아니라 우리와 같은 시간을 살아줄 수 있는 남자. 그러니 조금 신경을 쓴다고 해서 조신하지 못한 여자라고 생각하는 건 곤란해요."

초연은 시선을 피하고 말을 하기는 했지만, 얼굴은 살짝 웃고 있었다.

아환은 뭐가 뭔지는 모르겠지만, 일단 두 여자가 자신에게 호의가 있다는 것을 알게 되자 다른 것들은 사소하다는 생각이 들었다.

하지만 들뜬 머리도 물어야 할 것은 확실히 기억해 냈다.

"제가 환골탈태를 하고 음혼구귀초래법이 경지에 이르

러 두 분처럼 죽지 않고 살아갈 수 있게 되었다는 겁니까?"

"아직은 조금 부족하지만, 아마 곧."

서은령은 웃으며 그렇게 대답했다.

"그러면……."

아환은 무언가 말하려다가 입 밖으로 말이 잘 나오지 않아서 다시 입을 다물었다.

"그러니 우리는 그대의 일을 도와주긴 할 거예요. 그대가 줄 게 감사밖에 없다고 해도."

서은령이 그렇게 말하자 아환은 갑자기 가슴이 부풀어 오르는 것 같은 느낌이었다.

"그런데 밥은 언제 먹어요?"

갑자기 계무득이 그렇게 말하자 셋은 퍼뜩 정신을 차렸다. 이미 밤이 깊었던 것이다.

그들 주위에는 너구리, 여우, 늑대, 올빼미, 고라니 등 온갖 동물들이 잔뜩 들어찼다. 모두들 귀기에 홀려 입가에 침을 흘리고 눈은 풀린 채였다.

아까 아환이 삼매진화로 말려서 만든 모닥불도 꺼져 가고 있었다.

"계 동생, 아 소협. 나무를 더 말려 오세요."

서은령은 품에서 손바닥만 한 작은 단도를 꺼내들고 말했다.

두 남자는 군소리 없이 나뭇가지를 주워 모았다. 아환이 아무 생각 없이 나뭇가지를 꺾는데 계무득이 다가와 전음으로 물었다.

"소형제 누님들을 아내로 맞을 거야?"

아환은 전음을 쓸 수 없었기 때문에 귓속말로 대답했다.

"그런 건 생각해 보지 않았습니다."

"장가를 들 거면 연 누님네가 부잣집이니까 첫째 부인으로 맞아야 할 거야. 그래야 장인어른이 집도 사 주고 땅도 사 주고 하지."

계무득은 묘하게 현실적인 얘기로 아환을 혼란에 빠트렸다.

"그, 그런 건 아직 잘 모르겠습니다."

아환은 얼굴이 벌개져서 급히 나뭇가지를 꺾어 가지고 왔다.

돌아오니 어느샌가 두 여자는 모인 동물들을 다 죽인 뒤였다.

"이렇게나 많이 잡을 필요가 있나요?"

아환이 초연에게 묻자 서은령이 답했다.

"그대가 어디로 가야 하는지 알고 있었다면 필요 없었겠죠. 하지만 모르니 찾아야 하잖아요?"

아환은 어떻게 강시로 알지도 못하는 목적지를 찾을 수

있는지 궁금했지만 일단 조용히 하고 앉아서 삼매진화로
가지고 온 나뭇가지를 말렸다.

이번에는 정신을 잃지 않도록 신경 써서 운기하고 있었
는데 어느 정도 되었다고 생각될 즈음, 맛있는 냄새가 났
다.

아환보다 작업을 먼저 끝낸 계무득이 탄성을 질렀다.

"우와! 맛있겠다!"

노루 한 마리가 거의 통째로 익는 중이었다. 그걸 보자
아환도 지독한 허기를 느꼈다.

두 여자는 동물들의 배를 가르고 내장을 꺼내는 중이었
다.

사방에 배가 갈려진 동물들이 잔뜩 널린 것이 조금 섬
뜩했지만, 그녀들은 신경도 쓰지 않고 작업을 계속했다.

서은령이 솜씨 좋게 배를 가르고 내장을 분리하면, 초
연이 그 배 안에 부적을 한 장 넣고 배를 꿰매었다.

아환은 그 작업을 흥미롭게 지켜보았다. 강시라고 하는
무시무시한 것을 만드는 것 치고는 지나치게 간단한 작업
이었다.

"누님! 누님! 고기가 다 익었어요!"

계무득이 호들갑을 떨며 그녀들을 불렀다. 두 여자는
작업을 잠시 멈추고 다가와 뭐라 말도 없기 고깃점을 크
게 두 점 베어갔다. 서은령이 손에 든 고기를 후후 불며

한 입 베어 물고는 말했다.

"다 익었네. 먹어요."

그러고는 두 여자는 다시 작업을 계속했다, 한 손에 고깃덩어리를 들고서.

마치 막일하는 일꾼이 일을 하면서 만두를 먹는 것 같은 모습이었다.

아환은 고개를 절레절레 흔들면서도 그 모습도 어쩐지 아름다워 보여서 이것도 음혼구귀초래법의 영향인가 하는 고민을 잠깐 했다, 아주 잠깐.

"죄송합니다. 무장로를 놓쳤습니다."

홍진이 소야 앞에 무릎을 꿇고 보고를 했다.

소야는 특별히 기분이 나쁘지는 않았다. 아마도 놓칠 것이라 충분히 예상은 하고 있었기 때문이다.

팽장로와 함께 황개의 추격에 따라가려고 했으니 당연히 출발 준비를 해 놓았을 테고, 일이 이상하게 돌아간다는 것을 알자마자 그 채비 그대로 도망을 갈 확률이 높았던 것이다.

'잘되었지.'

소야는 속으로 그렇게 생각했다. 그러면서 좌중을 둘러

보았다. 장로들은 물론, 칠결 이상의 직위를 가진 자들은
모두 모인 자리였다.

소야는 상석에 앉아 타구봉을 무릎에 얹고 있었다. 방
주 직위를 물려받는 것은 기정사실이다. 모두들 소야의 말
을 기다렸다. 소야는 입안이 바싹 마르는 기분이었다.

'이런 건 바라지 않았는데.'

책임감이 필요한 자리는 그가 바라던 것이 아니었다.
그는 방을 이끌어가려면 어쩔 수 없다고 생각하고 말했다.

"중요한 시기에 반도를 놓쳐 방에 피해를 끼치기는 하
였으나, 창졸간에 일을 맡아 그 능력을 제대로 발휘하지
못하였다는 점을 감안하여 앞으로 석 달간 오결 신분으로
강등하여 무장로의 추격 임무를 계속 맡기도록 한다."

"관대하신 처분 감사드립니다. 방주."

홍진은 고개를 숙여 인사하고 자리로 돌아갔다. 소야는
좌중을 한 번 더 둘러보고 말했다.

"전대 방장께서 돌아가시기 전에 하신 말씀으로는 팽장
로와 무장로는 음혼구귀초래법의 구결을 전해주겠다는 혈
문의 꼬임에 넘어갔다고 하셨소. 육장로!"

육장로는 소야의 말이 떨어지자 한 발자국 앞으로 나서
사람들에게 설명을 시작했다. 이미 육장로와는 그 일 이후
말을 맞추어 놓은 상태였다.

"그 이후 무장로의 심복들을 조사한 결과 무장로는 혈

문에게서 음혼구귀초래법의 구결 일부를 전해 들은 것으로 알려졌습니다."

좌중이 술렁였다. 동시에 건물 천장 쪽에서 미약한 움직임이 감지되었다.

간자(間者)일 것이다. 이곳에서 한 이야기가 알려지겠지만 상관없다. 그러라고 한 것이니까.

이제 무장로는 무림 어디에도 발붙일 곳 따위는 없을 것이다. 배신자라는 낙인에 더해서 음혼구귀초래법이라는 보물을 가지고 있다고 판명된 이상 어디를 가더라도 그를 노리는 자들로 넘쳐날 것이다.

괜히 개방의 인원을 써서 그들을 추적할 필요도 없었다. 그 사이에 혈문을 상대할 방도를 마련하는 것이 먼저였다.

"자, 의외로 이번 전투에서 피해가 적었소. 거기에 대해 향전이 보고하라."

"피해 상황은 이미 보고하였으니 생략합니다. 이번 전투에서 피해가 적었던 가장 큰 요인은 바로 남궁가의 활약 덕분이었습니다. 혈문의 문주로 추정되는 고수의 공격을 남궁가의 합격진이 막아준 덕분에 나머지 무림의 동도들이 마음 놓고 퇴각할 수 있었습니다."

팔결인 마유리가 이상하다는 듯 향전에게 물었다.

"남궁가에 그런 굉장한 합격진이 있었나?"

"들어 본 적이 없는데."

"해괴하군."

다른 자들도 이해하기 힘들다는 반응이었다. 그도 그럴
것이, 남궁가는 그 검과 병법으로 이름을 떨치기는 하였지
만, 두어 명이서 행하는 합격진으로는 그리 유명하지 않았
다.

그런데 문주로 추정되는 고수를 합격진으로 막았다니?

"문주로 추정된다는 고수는 정보가 더 없나?"

소야가 물었다. 사실 이전에 보고는 받았지만 사람들에
게 알려주기 위한 것이었다.

"전혀 알려진 바가 없습니다."

"다른 사항은?"

"이전 마장호라고 오인받았던 아환이라는 악적과 싸움
을 벌였고, 또한 둘의 무공은 같은 것으로 추정되며 수위
도 비슷했다고 합니다."

사람들의 술렁임이 커졌다.

"혈문 문주와 평수라고?"

"혈문 내부의 알력 다툼인 건가?"

"그렇다면 그 아환이라는 자는 결국 흑도 문파가 아니
었다는 건가? 그러면 낭패지 않는가?"

사람들이 저마다 떠들어댔다. 소야는 소란이 충분히 커
졌다고 생각이 들자 목소리에 기운을 담아 좌중을 향해

소리쳤다.

"정숙하시오!"

소야의 외침이 지나가자 분위기가 가라앉았다. 저마다 할 말이 많은 얼굴로 소야를 쳐다보았다.

"그 아환이란 자의 정체를 밝힌 것은 소림과 남궁가요. 우리는 그들의 말을 들어준 것밖에 없으니 이후 것들은 그들과 이야기를 하면 될 일이오. 또한 그 정체 모를 고수가 혈문 문주가 맞는지부터 확인을 해보는 것이 중요하오. 또한 그들의 무공이 무엇인지, 어떤 관계에 있는지도. 그러니 방주의 권한으로 모든 방도들에게 전하겠소."

소야는 잠깐 말을 끊었다. 모두가 소야를 바라보고 있었다. 소야는 가슴 속에서 무언가 꿈틀대는 것을 느꼈다.

쾌감.

부인할 생각도 들지 않았다. 이것은 확실한 쾌감이었다.

"몸을 낮추고 정보를 모으시오. 복수는 틀림없이 해야 할 일이지만, 섶을 지고 불에 뛰어드는 행위는 피해야 하고, 이것은 나 개인이나 여러분 하나하나의 울분과 혈기로 이루어질 일이 아니라, 정의로운 저 하늘에 의해 이루어질 일이므로 급한 것이 아니오. 우리의 분노는 날카롭게 갈아 두고 항상 준비하여 원수, 악적을 향해 휘두를 그날을 기다리시오."

"명을 받듭니다!"

좌중의 목소리가 하나가 되어 소야에게 돌아왔다. 소야는 어째서 권력이라는 것을 사람들이 바라는지 조금은 깨닫게 되었다.

○

　"자, 다되었어요."
　서은령은 바닥에 늘어서 있는 짐승 사체들을 가리키며 말했다.
　아환은 배에 꿰맨 자국들이 있는 짐승 사체들을 보며 물었다.
　"강시는 부적이 있어야 하는 것이 아니오?"
　"그런 허접한 것들과 같이 취급하지 말아 달라고 하지 않았나요?"
　웃고는 있었지만 냉랭한 얼굴이었다. 아환은 급히 말을 돌렸다.
　"그럼 이것들이 어떻게 귀문을 찾는다는 말이오?"
　아환의 말에 초연이 품에서 대나무 통을 꺼내 보이며 말했다.
　"점을 칠 거예요. 일단은."
　"그래서 다음에 대략의 방위와 범위가 구해지면 이 아이들이 가게 되는 거죠."

서은령이 그 말을 받았고 아환은 에라 모르겠다 하는 심정으로 바닥에 앉았다.

"그 점이란 건 맞는 거요?"

아환은 그렇게 말하고는 곧 후회했다.

"지금 나한테 싸움을 거는 건가요?"

초연이 눈썹을 곤두세우고 물었다. 아환은 급히 변명했다.

"아니, 전혀 방향도 모르고 하는데 어떻게 명확하게 나오는 건지……."

그녀는 여전히 눈썹을 세운 상태였지만, 아까와는 다른 조금 누그러진 얼굴로 말했다.

"좋아요. 아 소협은 안 그래도 조금 배워야 할 테니 이야기를 해주죠. 태초에 혼돈이 있었어요."

초연은 설명을 시작했다.

"혼돈이란 하나죠."

그녀는 손가락 하나를 폈다. 희고 매끄러운 손, 아환은 그 손가락을 눈으로 쫓았다.

"하나는 구별이 없고, 아무것도 알 수 없어요."

그 손끝이 원을 그렸다. 하나의 원, 태초의 혼돈처럼 그것이 무엇을 의미하는지 아환은 알 수 없었다.

"오직 나만 존재하는 거죠."

그녀의 손가락이 그녀 자신을 가리켰다.

초연만 존재하는 세계라.

아환은 살짝 웃었다.

그녀는 아환이 웃는 것을 보고는 따라 웃어 보였다, 아
주 살짝.

"하지만 나만 가지고는 아무것도 알 수 없어요."

그녀가 고개를 젓자 머리에 바른 향유 냄새가 흘러나왔
다.

아환은 가슴이 두근거렸다.

"나 이외에 무언가가 있어야 하는 거죠."

그녀가 아환을 가리켰다.

"나와 다른 무언가. 그 다르다는 것에서 모든 것이 시
작되는 거랍니다."

아환은 그녀의 손가락을 계속 쫓았다. 그녀가 아환을
가리키며 물었다.

"어째서 음과 양, 둘이 있는지 아나요?"

아환은 잘 모르겠지만 방금 그녀가 했던 말에서 적당한
것을 잡아 꺼냈다.

"음과 양이 다른 거라서입니까?"

"그렇지요. 훌륭해요."

그녀가 크게 고개를 끄덕였다. 아환은 어쩐지 쑥스러워
져서 시선을 돌리다가 이쪽을 쳐다보는 서은령과 눈이 마
주쳤다. 그녀는 아환을 대견하다는 듯 바라보며 웃었다.

"하나만 가지고는 아무것도 되지 않아요. 둘이 있어야 가능하지요."

초연은 손가락 두 개를 펴 보였다. 그러더니 약간 목소리를 높게 하여 말했다.

"그럼 왜 셋이 아니고 둘이냐 하는 것인데, 그건 그게 가장 쉽기 때문이에요."

"가장 쉽다구요?"

"음과 양, 그리고 미적지근한 것 하나. 좀 이상하지 않나요? 어떻게 설명할 거죠? 그 미적지근한 것은?"

아환은 음기와 양기, 그리고 미적지근한 기 셋을 다루려고 하는 모습을 상상해 보았다. 이해도 잘 안 되거니와 좀 꼴사나울 것 같았다.

"경계는 항상 명확한 것은 아니에요. 하지만 다르려면 경계가 있어야 하죠. 그러면 일단 경계를 긋는 거예요. 그 경계가 아무리 굵든 희미하든 상관없어요. 일단 경계를 긋고 다른 것이 생기면 거기서 안다는 것이 나오는 거죠."

그녀가 웃으며 그렇게 말했다. 그러더니 가볍게 짝 하고 박수를 치며 설명을 계속했다.

"자, 그러면 음과 양이 생겼습니다. 음과 양, 내기와 외기, 현상과 비현상, 남과 여. 온갖 짝이 생겨요."

아환은 그 말에 절로 고개를 끄덕였다. 짝이 생기는 것은 확실히 좋은 것 같았다.

"그러면 조금 알 수 있게 되어요."

아환도 이제 조금은 이해가 가는 것 같았다. 이해하기 위해 임의로 세상을 쪼갠 것이다.

그래서 세상 모든 것은 하나로 통하면서 동시에 모든 것은 다 다른 것이다. 같지 않았다.

"하지만 여전히 세상은 혼돈에 가깝지요."

그녀가 그의 생각에서 필요한 부분을 짚어주었다. 세상 만물은 모두 다 달라서 둘로 쪼개서는 부족한 것이었다.

"그래서 다시 쪼개는 거예요."

그녀는 손으로 무언가를 쪼개는 시늉을 했다. 아환은 그 모습이 아름답다고 생각했다.

"음은 태음과 소음, 양도 태양과 소양."

그녀는 거기까지 설명하다가 자신을 바라보는 아환을 보며 생긋 웃었다. 멍하니 있던 아환은 흠칫 놀라 시선을 떨어트렸다.

"여전히 모르겠나요? 그러면 더욱 잘게 나누어요."

그녀가 양손을 들어 보였다. 양손 엄지만 접어 네 손가락을 편 손은 꽃이나 나비 같았다.

"팔괘로 모르니 그것들은 쪼개고, 또 쪼개서 육십사괘로 만드는 것이고, 그렇게 해도 알 수 없다면 더욱더 잘게 쪼개는 거예요. 그렇게 하면 마침내 인간이 알 만한 내용이 나오는 것이죠."

아환은 고개를 끄덕였다. 이제 우연히 손에 넣었던 깨달음이 어떤 것인지 알 수 있었다.

초연은 다시 확인하듯 말했다.

"알겠어요, 아 소협? 쪼개서 손에 넣는 게 기본이에요."

"물론 사람은 쪼개서 손에 넣으려고 하면 안 돼요."

서은령이 거기에 농을 던졌다.

"그럼 사람은 통째로 손에 넣어야 하나요?"

아환 대신 그 말은 계무득이 받았다.

"그렇지요. 사람을 손에 넣으려면 그 사람의 모든 것, 좋아하는 것도 싫어하는 것도, 사랑하는 것도 증오하는 것도, 기쁨도 슬픔도, 아름다운 것도 추한 것도 모두. 그렇게 먹어치우려는 기세가 필요해요, 꿀꺽 하고. 알겠어요?"

서은령은 손가락 하나를 펴 보이며 그렇게 말했다.

아환은 저도 모르게 그 기세에 눌려 고개를 끄덕였다.

"자, 그럼 시작해 볼까요? 둘 다 조용히 보고만 있어요."

서은령이 짝 하고 박수를 치자 초연이 아까 꺼낸 대나무 통을 열어 바닥에 부었다.

그 안에서 대나무 막대기들이 우수수 떨어져 바닥에 떨어졌다.

"흠……."

서은령은 품에서 방울이 주렁주렁 달린 실을 꺼냈다.

방울은 세 촌 정도 거리를 두고 달려 있었는데 묘하게도 그녀가 가지고 움직이는데도 아무런 소리도 나지 않았다.

초연은 그 쏟아진 대나무 막대기를 한참 바라보다가 손가락을 들어 한쪽 방향을 가리켰다.

"저쪽."

서은령은 그녀가 가리킨 쪽을 보더니 방울이 달린 줄을 들고 늘어뜨렸다.

딸랑.

줄의 중간이 한 번 흔들리며 맑은 소리를 냈다.

그러자 아까 죽어서 늘어져 있던 동물들이 모두 일어났다.

"흐헥!"

그걸 보고 계무득이 괴상한 소리를 내며 거의 한 장이나 뛰어올랐다.

아환은 이미 알고는 있었지만, 죽은 동물들이 우르르 일어나 움직이는 광경은 기괴하기 짝이 없었다.

"자, 그럼 찾아보렴."

그녀는 그렇게 말하며 손을 살짝 저었다.

딸랑. 딸랑.

줄의 움직임으로 예상되는 소리와는 전혀 다른 종소리가 들렸다.

"자, 그럼 가 볼까요."

초연은 막대기를 통에 갈무리하고 일어났다.

"아, 그런데 거기 가서 그들이 그대를 안 받아주겠다면 어쩔 건가요?"

서은령이 물었다.

아환도 그 점을 생각해 보았다. 곤은 아환을 마음에 안 들어 하니 그렇게 반응할 가능성도 없잖아 있었다.

그렇다면 어떻게 해야 하나?

생각해 보았지만 특별히 좋은 방법이라고 생각나는 것은 없었다.

"일단… 그놈을 좀 패 주고 생각하겠소."

아환은 그렇게 대꾸했다.

"좋아요. 복수는 자연적 욕구니까요."

서은령은 무슨 의도인지 알기 힘든 말을 하더니 토끼를 가리켰다.

"이제 우리가 저 아이를 따라가면 원하는 곳에 도착할 거예요. 그리고……."

그녀가 말을 흐리며 손가락을 다른 쪽으로 움직였다. 아환은 그녀의 손가락 끝을 따라 시선을 옮겼다. 고개를 살짝 돌리려는데, 그 앞에 어느샌가 그녀의 얼굴이 있었다.

쪽.

그녀가 소리나게 입을 맞췄다. 아환은 그대로 굳어버렸

다.

"힘내라고 주는 선물이에요."

아환은 멍한 얼굴로 서은령을 바라보았다. 두 번째인데
도 사태가 여전히 이해되지 않았다. 서은령은 아환이 말이
없자 과장되게 부끄러워 하는 표정으로 얼굴을 돌리며 장
난스럽게 말을 이었다.

"어머, 다른 걸 원했나요? 아직 해도 안 졌는데."

아환은 그 말을 듣고도 한 호흡쯤 있다가 정신을 차리
고 버럭 소리 질렀다.

"무슨 소리를 하는 거요!"

"무슨 짓을 하는 거야!"

초연도 질세라 소리쳤다.

서은령은 초연 쪽은 쳐다보지도 않고 동생을 타이르는
누나처럼 차분한 목소리로 대꾸했다.

"남자란 이런 쪽에서는 거기서 거기니까요."

"안 그런 사람도 있소!"

아환은 반발심과 당혹감이 섞인 소리를 질렀다.

"허세 부리긴."

아환은 대꾸할 말도 없고 어처구니가 없어 허허 웃다가
토끼를 보았다.

토끼는 여전히 입을 오물거리며 아환을 바라보았다. 어
쩐지 비웃는 것 같은 얼굴에 아환의 얼굴이 일그러졌다.

초연은 서은령을 노려보다가 갑자기 생각났다는 듯 말을 돌렸다. 하지만 그것은 꼭 필요한 질문이었다.

"그런데 상현자는 어디 있나요?"

아환은 그 말을 듣고서 그제야 태을을 떠올렸다. 완전히 잊고 있었던 것이다.

아환은 주위를 둘러보았지만 태을이 보이지 않았다.

"상현자 어르신?"

불러보았지만 대꾸는 돌아오지 않았다.

◉

남궁휘가 말했다.

"준비하거라."

그렇게 말하고 허리의 검을 뽑아 들었다.

징.

낭창거리는 검이 살짝 울었다. 특별히 보검도 아니었지만 남궁휘의 기운이 들어간 이상, 어지간한 보검입네 하는 것들과는 차원이 다를 수밖에 없었다.

갑작스러운 제안이었지만 남궁박은 전혀 당황하지 않았다. 한두 번 있는 일이 아니었다.

남궁휘는 자주 식솔들과 대련을 하며 기량을 보고 스스로의 향상을 꾀했다.

하지만 이것은 평소의 대련이 아니었다. 평소에는 모두 날을 죽인 무딘 검으로 대련을 했던 것이다.

거기다 남궁명과 남궁박을 따로따로 상대하던 것에 비해 오늘은 둘 모두를 한번에 상대하려고 하고 있었다.

그만큼의 실력 차가 있다는 이야기기도 했지만, 남궁명과 남궁박은 굴욕스럽게 생각지는 않았다.

누가 뭐라 그래도 천하십절 중 하나다. 더구나 오늘의 대련은 합격진(合擊陣)의 성과를 보려고 하는 것이니 당연하다면 당연한 일이었다.

"아버님의 기대에 보답해 보이겠습니다."

남궁명은 웃으며 검을 빼 들었다. 남궁박도 자신만만한 얼굴로 검을 빼 들었다.

남궁휘 역시 웃음으로 답하며 검을 앞으로 늘어트렸다. 날카로운 날이 시퍼렇게 서슬을 뽐냈다.

둘은 서 있는 남궁휘를 향해 무기를 겨누며 천천히 발을 움직였다.

남궁휘가 땅에서 발이 떨어지지 않으면서도 널찍하게 발을 밟으며 칼끝을 겨누는 것에 반해, 남궁명과 남궁박의 움직임은 보다 조심스러웠다.

당연한 일이었다. 수백 번도 넘게 겨루어 왔지만, 그들이 이겨본 적은 단 한 번도 없었다.

'이번에야말로.'

늘 그렇듯 남궁박은 새삼 다짐하며 검끝을 살짝 흔들었다.

먼저 달려든 쪽은 남궁휘였다.

"조심해라!"

그는 고함과 함께 칼을 휘둘렀다.

살기는 없다지만, 휘두르는 기세는 절대로 만만히 볼 것이 아니다. 아무리 무딘 검이었지만, 남궁휘가 마음먹고 휘두른다면 사람 몸을 두 쪽 내는 것은 일도 아니었다.

남궁박은 짧게 숨을 들이마시며 허리를 틀었다. 칼날이 번뜩이며 눈앞을 스쳐 갔다.

'되었다!'

남궁박은 속으로 쾌재를 불렀다. 첫 공격을 피했다면 승기가 생긴 것은 그들이었다.

남궁명은 남궁휘가 공격하느라 허술해진 쪽으로 가 남궁휘의 등을 노렸다. 물론 남궁휘는 간단히 그것을 막았지만 그걸로 끝이 아니었다.

남궁박이 그 사이에 다른 방위를 점하고 남궁휘의 등을 노렸다.

성공이 분명하다.

남궁명과 남궁박이 동시에 확신했다. 하지만 어처구니없는 일이 벌어졌다.

남궁휘의 모습이 사라져 버린 것이다.

"어, 어디로?"

"위다!"

남궁명의 목소리에 남궁박이 무작정 몸을 날렸다.

휘웅!

세찬 바람과 서늘한 예기가 그의 등줄기를 훑었다.

동생이 정신을 차릴 동안 시간을 벌기 위하여 남궁명이 달려들었다.

그는 검을 움켜쥐었다.

창천일검(蒼天一劍)!

전력으로 시전한 초식이었다. 물론 남궁휘를 막겠다는 생각은 아니었다. 애초에 그럴 가능성도 염두에 두지 않았다. 그저 약간이라도 확실하게 시간을 벌어보려는 생각이었을 뿐이다.

그렇기는 하지만…….

"후."

남궁휘가 숨을 뱉으며 검으로 호를 그렸다. 그 간단한 동작 한번에 순식간에 남궁명의 검이 갈 길을 잃어버리고 허둥거렸다.

너무나도 허탈한 나머지 남궁명은 더 공격할 생각도 잃어버리고 두 팔을 늘어트렸다. 남궁박 또한 그 광경을 본

뒤에는 그저 입만 벌렸다.

"대충 알겠다."

남궁휘가 검을 거두었다. 그는 허탈감에 빠져 있는 두 아들을 보며 웃음을 지었다.

"제법 성취가 올라 있구나."

칭찬임에도 불구하고 두 아들은 전혀 웃지 못했다.

남궁휘가 다시 말했다.

"다시 검을 들어라."

그가 말했지만, 남궁명과 남궁박은 선뜻 말을 따르지 못했다. 남궁휘가 한 차례 엄포를 놓은 후에야 황급하게 검을 들어 올렸다.

"명이는 좌로 삼 보를 옮기거라."

남궁휘가 말했다.

남궁명은 어리둥절했지만 옆으로 세 발을 걸어갔다.

"박이는 뒤쪽으로 일 보. 북서로 몸을 틀고서 명이의 남서쪽을 경계해라."

남궁휘의 말이 이어졌다.

남궁명과 남궁박은 그제야 아버지의 의중을 알아차렸다. 그는 새로운 합격진을 사사하려 하고 있었다.

"아버님……."

남궁명이 입을 열었지만 남궁휘는 손을 들어 그 말을 막았다.

"일순간의 실수로 큰 화를 입을 수도 있으니. 지금까지 너희가 합격진에서 사용한 것이 팔괘라 하면, 이제는 육십 사괘로 나누어야 하느니, 그물이 팽팽하게 당겨질수록 끊어지기도 수월한 법. 말을 아끼고 한순간도 실수가 있어서는 안 될 것이다."

남궁휘는 천천히 설명을 이었고, 남궁명과 남궁박은 두 눈을 부릅뜨고 한 자 한 자를 똑똑히 뇌리에 새겼다.

第二十三章
저마다의 사연들도

이른 새벽이었지만 아환 일행 중에서 그 누구도 행동에
제약을 받는 사람은 없었다.

"이쪽이 맞는 것이오?"

아환은 여전히 미심쩍은 눈초리였다.

"여든일곱 번만 더 물어보시죠."

초연이 그를 흘겨보며 대답했다.

아환은 어리둥절하며 고개를 저었고, 서은령이 쿡쿡거
렸다.

"소형제, 뭐 해? 누님이 여든일곱 번 더 물어보라잖아.
누님은 백 번째에 대답해 줄 모양이야."

계무득이 한마디를 거들었다.

아환은 고개를 내저었다. 더 이상 말을 하지는 않았지만, 여전히 가슴 한구석에는 의심이 자리를 잡고 있었다.

그러나 얼마 지나지 않아서 그런 의심을 비웃기라도 하듯 그들 앞에 한 사람이 나타났다. 아니, 보다 정확하게는 아환 일행이 그를 발견한 것이다.

죽립을 쓰고는 있었지만, 아환은 한눈에 그의 정체를 알아보았다. 저 정도의 기도에 곰 같은 체구를 지닌 자는 중원 전체를 뒤져보아도 한 명뿐일 것이다.

"살아 있었냐?"

아환이 뱉은 첫마디였다.

진석이 죽립을 걷어 올렸다. 그는 아환을 노려보며 코웃음을 쳤다.

"돌려주지. 용케도 살아남았군."

반가워 하는 것일 수도 있었다. 그의 말은 평소보다는 약간이지만 길었다.

"눈이 보이나?"

진석이 다시 물었다. 아환이 쓰게 웃었다.

아마 환골탈태를 거친 이후부터였을 것이다. 이제 아환에게는 더 이상 안대는 별다른 의미를 가지지 못했다. 이제는 오른쪽 눈뿐만 아니라 전신의 기혈에서 자연스럽게 귀기가 소통이 되는 것이다. 그만큼 귀기의 운용도 자유로워져서 특별하게 제약을 걸어둘 필요도 없었다.

진석은 고개를 갸웃거렸지만 더 캐묻지는 않았다. 대신 그는 아환의 옆에 서 있는 초연과 서은령, 계무득을 바라보았다.

"누구?"

이제 그의 말투는 완전히 평소처럼 돌아가 있었다. 아환은 실소를 흘리고 말았다.

"이야기하자면 길다. 다른 사람들은? 모두 근처에 있냐?"

진석은 대답을 않고서 여전히 낯선 이들에게 의심의 눈길을 보냈다.

"어? 너는 그때……."

별안간 계무득이 입을 열었다. 기억 속에서 영웅대회 때 진석이 날뛰던 모습을 떠올린 것이다.

진석의 눈썹이 꿈틀거렸다. 그러나 초연의 제지로 계무득의 말은 더 이어지지 않았고, 아환은 얼른 중간을 막고 서며 입을 열었다.

"적은 아니다. 같은 편이 될 수도 있는 사람들이지."

"음."

진석이 짧게 소리를 냈다. 그는 그러고도 한동안 계속해 세 사람을 훑어보았다.

참다 못한 초연이 눈꼬리를 치켜 뜰 때였다.

진석이 등을 돌리고 먼저 걸어가기 시작했다.

아환은 피식 웃은 뒤 일행에게 손짓하여 그 뒤를 따랐다.

도착한 곳은 아주 평범해 보이는 집이었다. 담벼락이 다소 높고 집이 크다는 것 정도가 약간은 특이한 정도였다.

"수상한 것은 없었……."

진석이 들어섬과 동시에 한 대머리 남자가 다가왔다. 그는 말을 하다말고 뒤따라 들어서는 아환 일행을 보았고, 움찔거리며 입을 다물었다.

그는 곤이었다. 그는 놀라움 반 의혹 반인 눈을 하고서 아환 일행을 노려보았다.

"어떻게?"

그가 얼굴을 찡그리며 물었다.

아환 역시도 그의 등장이 달갑지 않은 것은 마찬가지였다. 아니, 굳이 따지자면 그가 더할 것이다. 뭐라고 해도 그는 버려졌던 경험까지 있었다.

"이 대머리가 왜 자꾸 노려보는 거야? 본좌랑 한번 싸워볼 테냐?"

계무득이 사납게 소리쳤다. 아환은 그 모습을 보면서도 굳이 말리고 싶은 생각이 들지 않았다.

다행히 초연이 계무득을 잡아끌었기에 그 이상의 소동

은 일어나지 않았다.

"살아 있는 게 신기하시오?"

아환이 곤에게 지나가듯 말했다. 얼굴은 웃고 있었지만 목소리는 날카롭기 그지없었다.

곤은 아무런 대답도 하지 못했다.

"아 대협?"

이번에는 옆에서 다른 목소리가 들려왔다. 약간 음색이 높은 소녀의 목소리였다.

아환이 옆을 돌아보았다. 장삼은 아환의 얼굴을 확인하고는 반색하며 달려들었다.

"아 대협! 살아 있었군요!"

"그래, 너도 잘 있었느냐?"

아환이 피식 웃으며 장삼의 머리를 쓰다듬었다. 반색하는 장삼과 마찬가지로 그 역시도 꽤나 반가운 기분이 들었다.

"어, 그런데 눈이……?"

"여러 가지 사정이 있었다."

아환이 웃으며 대꾸했다. 장삼은 물어보고 싶은 것들이 많았지만, 그렇게 시간이 한가하지만은 않았다. 녀석은 고개를 끄덕이며 한 걸음 물러섰고, 그제야 초연과 서은령, 계무득의 존재를 깨달았다.

"이분들은?"

장삼의 시선이 세 사람을 천천히 훑어갔다. 계무득은 그저 힐끔 본 것이 전부였지만, 서은령과 초연에 가서는 꽤나 느리게 움직였다. 눈빛 자체도 더욱 날카롭게 변해 있었다.

"검은 누님과 우리 누님은 소형제의 처가 될 사람들이지."

계무득이 뽐내는 듯한 얼굴로 끼어들었다.

"계 동생! 자꾸 헛소리하면 살아 있는 뱀을 먹이겠어요!"

"으, 으힉. 잘못했어요, 누님. 사실 본좌는 거짓말을 했어. 본좌는 거짓말쟁이니까 말을 믿으면 안 돼."

초연의 으름장에 계무득이 황급히 말을 바꾸었다.

그러나 장삼은 여전히 못마땅한 눈으로 초연과 서은령을 노려보았다.

잠시 후, 녀석이 아환의 옷깃을 잡아끌었다.

"왜 그러느냐?"

"따라오세요."

"어디를?"

"부탁할 것이 있어요. 아 대협이라면 분명히 하실 수 있을 거예요."

"그러니까 뭘?"

아환이 되물었지만 장삼은 대답하지 않았다. 결국 아환

은 그의 손길을 따라 발을 옮겨야만 했다.

별채로 사라지기 전, 장삼은 다시 한 번 뒤를 돌아보았
다.

사나운 눈길에 초연 역시도 자연스럽게 눈을 치켜떴고,
서은령은 쿡쿡거리며 웃었다.

"연적이 하나 늘어버렸네."

장난기가 가득한 목소리에 초연이 옆으로 휙 돌아보았
다. 그녀의 두 눈이 더욱 사납게 곤두서 있었다.

"일단… 여러분은 이쪽으로 따라오십시오."

곤이 눈치를 보다가 입을 열었다.

별채로 향하던 도중 아환은 잠깐 눈살을 찌푸렸다. 그
안쪽에서 선명한 귀기가 느껴졌다.

장삼을 그를 힐끔거렸다.

"느껴지시죠?"

"한두 개의 귀가 아닌데. 무슨 일이냐?"

"저도 잘 몰라요."

"몰라?"

"그래서 아 대협의 도움이 필요한 거라고요."

장삼은 그의 팔을 잡아끌었다.

건물 안쪽에는 두 사람이 있었다. 그중 한 명은 대춧빛
의 얼굴에 하얀색의 수염을 길게 늘어트린 노인으로, 아환

과는 언젠가 한번 만난 적이 있는 사람이었다.

"응?"

초강무가 눈을 찌푸리고 긴가민가한 표정을 지었다. 안대를 차고 있지 않았던 까닭에 아환을 곧바로 알아보지 못한 것이다.

옆에서 장하대는 아환을 훑어보고는, 옆에 있던 장삼에게 눈짓으로 정체를 물었다.

"전에 말씀드린 아 대협이에요."

장삼이 말했다. 그제야 장하대가 반색하며 아환에게 포권했다.

"그렇구먼. 본인은 장하대라고 하오. 본문에게 주신 도움은 익히 들었소이다. 이렇게 만나게 되니 천군만마를 얻은 것 같소이다. 그런데 외눈이라고 들었소만……."

"조금 사정이 있습니다. 저는 아환입니다."

아환 역시도 포권하며 인사했다.

초강무도 뒤늦게 인사를 건넸다.

"역시 자네가 맞구먼! 이거 기막힌 우연이로군. 아니, 인연이라고 해야 하나? 허허. 이거 하후 씨와는 전혀 별개의 인물이었지 않은가?"

아환은 그를 처음 보았을 때가 떠올라 가볍게 미소를 지었다.

"젊은 고수분은 어디 가셨습니까?"

"응? 아, 취명형이를 이야기하는 건가? 같이 있다네. 어쨌거나 다시 만나서 반갑군."

초강무의 웃음에 아환도 함께 미소 지었다. 처음에 보았을 때처럼 여전히 유쾌하고, 왠지 대하기가 편한 사람이었다.

"저기, 초 어르신."

이번에는 장삼이 입을 열었다.

"아, 그렇지. 안 그래도 자네 이야기를 많이 들었네. 자네라면 무언가 도움을 줄 수 있을 거라고 이 아이가 장담을 하더군."

초강무는 황급히 짐을 뒤져 책 한 권을 꺼내들었다. 그 곁에는 예닐곱의 귀 쪼가리들이 달라붙어 저마다 떠들어대고 있었다.

[장부를 숨겨, 장부를 숨겨.]

[암호는, 내가, 암호는, 내가.]

[죽여, 장부, 죽여, 장부.]

아환의 눈이 가늘어졌다. 귀가 내뱉은 소리와 목소리가 똑똑히 들렸다. 그리고 예전에 들어보았던 어느 귀의 말과 비슷한 내용이기도 했다.

"무언가가 보이는가?"

초강무가 조심스레 물었다.

"그렇긴 합니다만… 이걸로는 아무것도 모르겠군요."

아환은 고개를 저었다.

초강무와 장하대는 적잖이 실망한 기색이었지만, 아환의 움직임을 보며 함께 숨을 죽였다.

아환은 천천히 귀기를 모았다. 이미 예전에 성공을 거두었던 방법이었고, 이번에는 보다 수월하고 손쉽게 그의 의지에 따라 귀기가 움직였다.

귀인창법.

아환은 귀인의 창을 만들어 내고는 귀들을 둘러보았다. 다들 상태가 엉망인지라 개중에서 제일 양호에 보이는 게 손만 남아 있는 녀석이었다.

'괜찮을까?'

의구심이 들었지만 딱히 대안이 없었다. 아환은 그대로 귀인을 날려 보냈다.

핏.

손이 귀인에 관통되고 부르르 떨었다.

"앗!"

장삼이 제일 먼저 변화를 알아차리고 비명을 질렀다. 사방에서 짙은 귀기가 뭉클거리며 피어올랐다.

다음 순간, 손이 서너 배로 크게 부풀어 올랐다. 뿐만 아니라 손가락에서 눈이 튀어나오고, 손바닥에는 큼지막한 입이 하나 생겨났다. 그 귀는 손이면서, 하나의 얼굴이 되었다.

그 기운이 워낙에 강렬해졌던 탓이다. 귀는 장삼 뿐만이 아니라, 장하대와 초강무의 눈에까지도 희미하게나마 나타났다.

"으헉?"

"헛!"

두 사람이 헛바람을 집어삼켰다. 그동안 귀와 귀신에 대한 이야기를 장삼에게 들어오기는 했지만, 가슴 한구석에 미심쩍은 느낌이 남아 있던 것도 사실이었다. 하지만 이렇게 두 눈으로 직접 보게되자 놀라움은 배가 되었다.

아환은 세 사람에게 눈짓으로 조용히 시키고는 괴상한 모습으로 변해 버린 귀를 바라보았다. 사실 그 같은 변화는 그 역시도 예상하지 못했던 것으로, 대화가 가능할까 하는 의구심이 들었다.

"내 말이 들리오?"

[나, 나는… 너는 누구냐?]

다행히 '그것'은 어느 정도 정상적인 말을 뱉었다.

장하대와 초강무는 실눈을 뜨고서 귀를 노려보았다. 그들에게는 귀의 목소리까지는 들리지 않는 듯했다.

"당신은 누구시오?"

아환이 다시 물었다.

손바닥에 붙어 있는 입술이 크게 움직였다.

[나? 나는… 나는 누구지? 내가 누구야?]

멋대로 생겨난 모습만큼이나 자아도 제대로 완성되지 않은 모양이었다. 아환은 눈을 찡그리고 어떻게 해야 할지 고민했다.

그때 장삼이 급히 입을 열었다.

"장부의 암호는 어떻게 푸는 겁니까?"

[장부? 암호? 그렇다. 장부는 암호로 되어 있다. 장부. 암호. 장부. 암호.]

귀는 장부와 암호라는 두 단어에 격하게 반응했다.

장삼이 다시 외쳤다.

"암호를 푸는 방법 말입니다!"

[암호. 장부. 암호. 장부 두 권을 모아야 한다. 장부가 두 권이 있어야. 암호를 푼다. 장부. 장부. 장부. 암호. 두 권. 장부암호장부암호.]

귀의 말이 점점 더 빨라졌다. 그와 함께 눈이 더욱 커지고 손가락이 사방으로 기괴하게 구부러졌다.

그 괴이한 장면에 장삼이 인상을 쓰며 한 걸음을 물러났다. 장하대와 초강무는 더욱 눈매를 좁혔다. 그들에게는 희뿌연 덩어리만 보일 뿐, 귀의 상세한 모습까지는 보이지가 않았다.

'여기까지인가?'

아환이 그렇게 생각했다.

마치 그 생각에 반응이라도 하듯, 귀가 격렬하게 몸을

떨었다. 손가락이 더욱 심하게 구부러지며, 이제는 완전히 손의 모양새를 잃어버렸다. 그러다가 별안간 불룩거리며 부풀어 오르더니, 어느 순간에 파악 하고 폭발해 버렸다.

장하대와 초강무가 눈을 비비며 앞을 바라보았다. 그들에게는 희뿌연 연기가 사방으로 흩어지는 것으로밖에는 보이지 않았다.

"어떻게 된 건가?"

초강무가 눈치를 살피며 조심스럽게 입을 열었다.

아환이 가볍게 숨을 골랐다.

"장부가 한 권이 더 있다는군요. 두 권을 합하면 암호의 해독이 가능할 거라고 합니다."

아환이 말했고, 장삼이 고개를 끄덕이며 동의를 표했다.

"머뭇거릴 때가 아닐세. 나는 얼른 떠나서 또 다른 장부를 찾아보겠네."

초강무가 말을 하며 곧바로 밖으로 나갔다.

지금으로서는 그것이 유일한 대안으로 여겨졌다. 장하대는 어떻게든 힘을 보태고 싶었지만, 지금의 귀문 상황으로는 어려운 일이었다.

마침 시기도 적절하게 취명형이 나타났다. 그는 아환을 보고 약간 놀란 표정을 지었지만, 별다른 말을 하지는 않았다.

"조심하십시오, 초 대인. 어떻게든 도와드리고 싶지만 지금으로서는 그저 초 대인밖에 믿을 사람이 없습니다."

"내 노구가 쓰러지는 한이 있더라도 반드시 물건을 찾아내겠네. 장 형도 조심하고, 항시 만일의 사태에 조심하시게나."

초강무와 장하대가 말을 나누었다.

초강무는 마지막으로 아환에게 가볍게 눈인사를 건넨 뒤, 취명호에게 손짓하여 자리를 떠났다. 꾸물거림이 전혀 없는 시원시원한 행동력이었다.

"아 대협."

문득 장하대가 아환을 불렀다.

아환이 쓰게 웃었다.

"대협이라는 호칭은 과분합니다."

"그렇소? 내가 듣기로는 그렇지도 않던데. 어찌 되었던 아 대협은 이제 어쩌시겠소?"

"저는……."

아환은 답을 하다말고 문득 잊고 있던 세 사람을 떠올렸다.

그가 머뭇거리는 사이 장하대가 다시 말했다.

"어차피 우리는 동문이나 마찬가지고, 게다가 공적도 있으니 함께 힘을 모아 싸워봄이 어떻겠소?"

"저는 반대입니다."

대답은 옆에서 들려왔다.

어느새 곤이 그들 곁으로 다가와 있었다.

"저자가 우리와 같은 것은 무공의 뿌리밖에 없습니다. 기본적으로 모든 것이 다른데 동문이라는 것은 어불성설입니다. 그리고 이렇듯 본문의 모든 사람이 한마음으로 힘을 모아야 할 시기에 이방인이 끼어드는 것은 그리 좋지 못합니다."

"아 대협은 이방인이 아닙니다!"

장삼이 발끈하여 소리쳤다.

곤은 아환을 힐끔 살핀 뒤 억지웃음을 지으며 장삼을 바라보았다.

"그럼 무엇이냐?"

"아 대협은……."

"전우(戰友)."

무뚝뚝한 목소리가 불쑥 튀어나왔다. 이번에는 진석이 낸 소리였다. 그 역시도 곤과 마찬가지로 어느샌가 다가와 옆에 서 있었다.

장삼은 깜짝 놀라며 그를 보았고, 아환 역시도 전혀 뜻밖의 소리에 입을 떡 벌렸다.

곤과 장하대 역시도 당황하기는 마찬가지였다. 설마하니 진석의 입에서 저런 단어가 튀어나올 줄은 상상조차 할 수가 없었다.

사람들의 이목이 모여들자 진석은 콧김을 뿜으며 등을 돌려 걸어갔다. 그의 목 부근이 시뻘겋게 물들어 있었다.

아환이 저도 모르게 웃고 말았다.

"내 일행들은 어디에 있소?"

그가 곤을 보며 물었다.

곤은 떫은 감을 씹은 표정으로 대답했다.

"따라오시오."

○

아환 일행은 우선 귀문에 머물기로 결정했다. 초연과 서은령은 약간은 불만스러운 표정이었지만, 별 말을 하지는 않았다. 계무득은 조만간 큰 싸움이 있을지도 모른다는 말을 듣고는 신난 표정을 지었다.

이틀이 지났지만, 초연과 서은령은 방에서 거의 나오지 않았다. 계무득 또한 그녀들에게 잡히어, 거의 하루 종일 정좌하고 명상만 했다. 몸이 근질거려 일어났다가 초연과 서은령의 날카로운 눈빛에 다시 자리에 앉기도 수없이 반복했다.

그 시간, 아환은 정원에 서 있었다. 그 앞에는 진석이 팔짱을 끼고 있었다.

"늘었군."

진석이 말했다.

다소 뜬금없기는 했지만, 아환은 그의 말뜻을 알아들었다.

"덤벼라."

진석이 다시 한마디를 뱉었다.

아환은 쓴웃음을 지었다. 예전에 그와 진석이 싸웠을 때, 언뜻 백중세에 가까웠지만 사실 그는 전력을 다한 것은 아니었다.

그리고 지금.

아환의 성취는 또다시 높아져 있었다. 아환 스스로도 그 경지를 정확히 가늠할 수는 없었지만, 예전과 비교할 수 없다는 것만은 확실했다.

"덤벼라."

진석이 다시 말했다.

아환은 솔직히 그가 마음에 들었다. 그래서 더욱 간단한 대련이라도 하기가 싫었다.

진석의 자존심은 그의 무위 이상으로 대단한 것이었다. 아환이 이기든 일부러 져주든 어느 쪽이라도 그는 상처를 입게 될 것이다.

"그럴 필요가 있겠나?"

아환이 물었다.

진석의 짙은 눈썹이 꿈틀거렸다.

"간다."

그가 세 번째 내뱉은 말은 이전의 것과는 조금 달랐다. 그리고 동시에 거구가 움직였다.

그는 과감한 전진으로 성큼 거리를 좁히고, 시야의 사각에서부터 주먹을 휘둘렀다.

이제는 아환도 가만있을 수만은 없었다. 그는 몸을 틀며 다가오는 주먹을 쳐냈다.

진석은 그 정도는 예상했다는 듯 한 치의 머뭇거림도 없이 곧바로 이 격을 준비했다. 이번에는 반대쪽 주먹이었다.

팟!

주먹이 아환의 왼쪽 팔을 스쳤다.

아환은 팔을 붙들며 급히 뒤로 물러났다. 가볍게 스쳤을 뿐이지만 시큰거리는 통증이 팔 전체를 저리게 만들었다.

"또 간다."

진석이 다시 움직였다.

"오냐, 그래. 맞는 게 소원이라면 들어주마."

아환도 더 이상 참지 않았다. 그는 옆으로 움직이며 그에게 쏟아지는 무수한 살기의 선들을 피해냈다.

진석에게는 그 모습이 자신의 생각을 읽고 한발 앞서 움직이는 것으로밖에는 보이지 않았다. 그는 깜짝 놀라며 몸을 뒤로 젖혔다.

그 앞으로 아환의 손바닥이 날아들었다.

음혼구귀초래법(陰魂九鬼招來法) 제일식(第一式)
귀혼장(鬼混掌)

진석은 예전에도 한번 그 공격을 받아본 적이 있었다.

콰앙!

그러나 그 위력은 그야말로 천양지차였다.

무시무시한 폭음과 함께 진석의 거대한 몸이 하늘을 날아 떨어졌다. 전신을 두드린 충격이 뇌까지 뒤흔들었던 탓에 진석은 곧바로 일어서려다가 다시 넘어지고 말았다.

그는 다시 일어날 생각을 못하고 어처구니없는 표정으로 아환을 바라보았다.

"너……."

진석은 말을 하려다가 다시 입을 다물었다.

아환도 마땅히 할 말을 찾지 못하고 그를 내려다보았다.

한참 후, 아환이 주춤거리며 손을 내밀었다.

진석은 쿵 소리를 내며 아환의 손을 쳐내고는 혼자 자리에서 일어났다.

"허어."

별안간 낯선 탄식 소리가 들려와 어색한 분위기를 깨트
렸다. 장하대가 그들 곁으로 다가오고 있었다.

"정말 대단한 무위시구려."

그가 아환을 보며 말했다.

아환은 어색하게 웃으며 진석을 힐끔거렸다.

그는 눈썹을 꿈틀거리며 콧김을 킁킁 뿜어냈다.

"어쩐 일이십니까?"

아환이 물었다.

장하대는 그제야 자신이 찾아온 이유를 상기했다.

"두 소저가 아 대협을 찾고 있소이다."

"그렇습니까?"

아환은 그에게 고개를 꾸벅여 감사를 표하고는 몸을 돌
렸다. 그리고 자리를 떠나기 전 마지막으로 다시 진석의
표정을 살폈다.

여전히 콧김을 뿜고 있는 그 모습은 풀이 죽었다기보다
는 오히려 승부욕에 불타고 있는 듯이 보였다.

뒤돌아선 아환이 피식하고 웃고 말았다.

"큰 싸움이 있을 거야."

초연이 말했다. 그녀는 바닥에 흩어진 돌멩이를 바라보

고 있었다.

계무득은 호기심 가득한 눈으로 연신 바다를 살펴보았고, 초연이 계속 말을 이었다.

"응? 그리고 너는……."

"그리고 나는?"

서은령이 고개를 갸웃거리며 되물었다.

초연은 곧바로 대답하지 않았다. 대신 그녀의 얼굴 위로 짙은 그늘이 드리워졌다.

"좋지 않은 일이야?"

서은령이 다시 물었다. 이번에도 초연은 묵묵부답이었다.

서은령은 쓴웃음을 지었다. 수긍이나 다름없는 침묵이었던 것이다.

"너는……."

마침내 초연이 입을 열었다. 그 목소리는 무척이나 떨리고 있었다.

"무슨 일이 있습니까?"

갑자기 아환의 목소리가 끼어들었다.

초연이 깜짝 놀라며 입을 다물었고, 서은령은 짧게 한숨을 내쉬었다.

잠시 후, 서은령이 아환을 돌아보았다. 생긋 미소를 지은 채였다.

"큰 싸움이 있을 거라는군요."

"무슨 말입니까?"

"그대도 알지 않나요? 이 아이의 점은 꽤나 잘 들어맞아요."

서은령의 말에 아환은 바닥을 훑어보았다. 그는 바닥에 흩어진 돌멩이를 보고서야 상황을 짐작했다.

"큰 싸움이라면……."

굳이 묻지 않아도 생각할 수 있는 경우는 그리 많지 않았다. 아환이 끝까지 물어본 것은 확인에 가까웠다.

"혈문입니까?"

"확실하지는 않아요. 다만 가능성은 높겠죠."

아환은 그녀의 목소리가 약간 흔들린다고 생각했다. 그는 의아해 하며 초연을 살폈지만, 그녀는 고개를 돌려 시선을 회피했다.

"초 소저?"

아환이 불렀지만 초연은 대답하지 않았다. 여전히 시선도 마주치지 않은 채였다.

"자, 저 애는 그냥 놔두고 잠시 산책이라도 하러 갈까요?"

별안간 서은령이 일어섰다.

아환보다는 오히려 계무득이 반색하면서 벌떡 일어섰지만, 서은령이 째려보자 다시 우물쭈물하며 자리에 앉았다.

서은령이 밖으로 걸어가며 아환을 잡아끌었다. 아환은 주춤거리면서도 그녀의 손길을 따랐다.

밖으로 얼마간 걸어 나온 후에야 아환이 말을 꺼냈다.
"초 소저가 왜 저러는 겁니까?"
"글쎄요."
"무슨 일이 있습니까?"
"있어도 나한테 있겠죠."
서은령은 옅은 미소를 지으며 말했다. 웃고는 있었지만, 결코 즐거워 보이지는 않았다.

"그리고 너는……."

당혹한 듯한 초연의 목소리. 그리고 그녀는 그 뒤에 무슨 말을 이으려고 했던 것일까?
한 가지 분명한 것은 절대로 좋은 일은 아니라는 것이다.
차라리 잘되었다. 초연이 보는 것은 짜여 있는 실타래지, 그것을 짜는 방법이 아니었다. 나쁜 일이고 뒤바꿀 수 없는 결과라면 차라리 모르고 있는 편이 좋을 수도 있었다.
"서 소저?"

아환이 조심스럽게 그녀를 불렀다.

"그대는 우리가 왜 혈천을 미워하는지 알고 있나요?"

서은령이 불쑥 말을 꺼냈다.

아환은 멍한 표정이 되었다. 전혀 생각해 보지도 못했던 질문이었다.

"그가 우리의 과거를 날려 버렸거든요."

아환의 표정이 보다 멍청하게 변했다. 서은령이 그 모습을 보며 풋 하고 웃음을 터트렸다.

"옛날에 그런 일이 있었어요."

서은령이 먼 하늘을 바라보며 중얼거렸다. 까마득한 기억의 저편에서 목소리 하나가 아련하게 되살아났다.

"이런… 미안하게 되었다. 설마하니 너희 둘에게까지 영향을 미칠 것이라고는 생각하지 못했다."

"미안? 지금 사람 기억을 송두리째 날려놓고 한다는 말이 미안인가요?"

"그럼 무어라 해야 하느냐? 그리고 기억은 다시 돌아오지 않았느냐."

"그대 때문에 한 고생이 얼마인데……."

"그럼 내가 어떻게 해주면 되겠느냐?"

"서 소저?"

아환의 목소리에 서은령은 다시 현실로 돌아왔다.

서은령은 한 차례 고개를 흔든 뒤 아환을 마주 보았다.

"주위의 귀기를 사용할 때는 주의하도록 해요. 소멸되어 버리는 것은 귀뿐만이 아니니까."

"무슨 말입니까?"

"전에 말했죠? 우리는 보통의 살아 있는 사람들과는 달라요."

아환은 그저 고개를 끄덕였다.

서은령은 만족한 듯 웃었다.

"만약 이번에도 그대 때문에 기억을 잃어버린다면 아마 그 아이는 그대와 그대 스승 둘 모두를 용서하지 않을 거예요. 못해도 삼백 년 동안은 죽어라고 쫓아다니면서 괴롭힐지도 모르죠."

아환은 여전히 그녀의 말을 완전히 이해하지 못했지만, 초연이 쫓아올 거라는 부분만은 묘하게 설득력이 있게 느껴졌다.

바람이 불었다.

남궁명과 남궁박은 마치 동상이라도 된 듯 자리에 서서 움직이지 않았다.

땅이 파이고 바위가 깨져 나가며, 나무는 쓰러졌다. 아예 주위의 풍경이 변해 버렸다.

두 사람은 벌벌 떨고 있었다. 무언가를 두려워 하는 것은 아니었다.

희열.

말로 형용할 수 없는 극한의 희열이 두 사람의 전신을 휘감았다. 그들은 조금 전 전혀 생각하지도 못했던 세계에 발을 들이민 것이다.

"후……."

남궁휘가 희미하게 웃음을 흘렸다.

순간 벌어진 그의 입가로 핏물이 흘러내렸다. 그는 두 아들이 눈치채기 전에 얼른 소매로 입가를 훔쳤다.

"잘했다."

그가 말했다.

남궁명과 남궁박은 퍼뜩 정신을 차렸다. 둘은 다시 한 번 주위를 둘러보았다.

그제야 조금씩 현실감이 돌아왔다. 그리고 짜릿한 감각은 여전히 몸에 남아 있었다.

착각이 아니었다.

조금 전의 합격진에서 그들은 곧 하나였고, 또 둘이었다. 검이 사람이 되고 사람이 검을 가렸다.

하지만 이해할 수 없는 부분이 있었다. 이번의 합격진

은 그들의 상식과는 너무도 달랐다. 검을 뻗어야 할 때 거두었으며 상대가 회피할 만한 곳과는 전혀 관계없는 엉뚱한 곳을 찌르기도 했다. 합격진의 묘를 따라 움직이다 보면, 가끔은 형제가 서로의 가슴에 검을 겨누게 되는 경우도 생겨났다.

"아버님. 이 합격진은 어쩐지……."

"이상하더냐?"

"솔직하게 그렇습니다. 지나치게 비효율적입니다."

남궁박이 고개를 끄덕였다.

분명 남궁명과 남궁박은 그들을 가로막고 있던 벽을 하나 넘어섰다. 하지만 그것과 이것은 별개의 문제였다. 그는 순전히 합격진의 효율성을 말하고 있었다.

남궁휘가 고개를 끄덕였다.

"네 말이 맞다."

그 말은 두 형제를 더욱 혼란스럽게 만들었다.

"이것은 오로지 한 명만을 상대하기 위하여 만들어진 합격진이다."

"그것이 누구입니까?"

"과거의 혈천."

충격적인 이름이 튀어나왔다.

남궁휘는 놀란 두 아들을 보며 나직하게 말을 이었다.

"그리고 오늘날에는 음혼구귀초래법을 손에 쥔 자."

남궁명과 남궁박에게는 더 놀라고 있을 시간이 주어지지 않았다.

한 남자가 달려왔다. 세가의 가솔 중 한 명이었다.

"가주님!"

"무슨 일인가?"

"귀문이 숨어 있는 곳을 알아냈습니다."

그 말에 남궁명과 남궁박이 깜짝 놀라며 서로를 바라보았다.

◉

현재 귀문의 전력은 그야말로 보잘것없었다. 아환 일행을 제외하고 남은 인원은 기껏해야 열 명밖에 되지 않았다. 그나마도 진석과 장하대는 물론, 장삼까지도 포함 된 숫자였다.

대부분이 난전을 뚫고 도망쳐 온 사람들이니만큼 필연적으로 경공 수준이 제법 높았다. 그런 덕분에 여기저기를 다니며 정보를 모으기가 용이했다는 것이 유일한 이점이었다.

곤은 그들이 여기저기서 모아온 정보를 살펴보았다.

혈문의 본거지로 추정되는 장소가 몇 군데 나와 있다.

"허······."

개중 하나를 보는 동안 곤은 저도 모르게 소리를 내고 말았다. 그곳은 북경성 한가운데였던 것이다.

이제까지의 상황으로 보면 혈문이 관과 연관이 있다고 보는 것이 타당했다. 그렇게 따지자면 대담하게 북경성에 본거지를 차리는 것도 이해할 수 있었다.

중한 정보를 알아냈지만 그는 기쁨을 느끼기보다는 오히려 숨이 턱 막히는 기분이었다.

만약 기습을 감행한다고 하여도 그들이 과연 이길 수 있을까? 문주를 되찾고 무사히 빠져나와 다시 문을 일으킬 수 있을까?

몇 가지 의문들이 떠올랐다. 그 어느 것도 가능성이 높아 보이지 않았다.

아니, 솔직히 말하자면 절망적이었다.

"후우."

곤이 깊게 한숨을 내쉬었다.

적을 알고 나를 알면 백전백승이라고 했던가?

하지만 이번에는 적과 나를 냉정하게 분석하면 할수록 필패라는 단어만 떠올랐다.

이런 상황에서 유일하게 그가 계산하기 어려운 변수가 하나 있다면, 그것은 아환의 존재였다. 그리고 그의 일행들.

머리가 점점 더 복잡해졌다.

곤은 참지 못하고 자리에서 일어났다. 장하대라도 찾아가서 의견을 나누어봐야지, 혼자 골머리를 썩다가는 그대로 미쳐 버릴 것 같았다.

그때였다.

"으아악!"

비명 소리가 울려 퍼졌다.

곤은 거의 본능적으로 건곤권을 쥐며 문밖으로 달려 나갔다.

그의 눈에 제일 먼저 들어온 것은 하늘을 붉게 뒤덮으며 쏟아지는 피의 비였다.

툭.

무언가가 곤의 발치에 떨어졌다.

곤은 주춤거리며 발밑을 바라보았다. 누군가의 팔이 떨어져 꿈틀거리고 있었다.

"이거 이제 남은 놈들은 허약한 것들밖에 없구나."

적월호가 비릿한 조소를 지으며 손을 털었다. 그의 손에 가득하던 핏방울이 허공으로 튀어 오르며 곤의 얼굴에까지 닿았다.

"그놈은 어디에 있느냐?"

적월호가 곤을 보며 물었다.

곤은 대답 대신 양손의 견곤권을 움켜쥐었다.

"으아아아!"

아환과 계무득은 벌떡 일어서며 문밖으로 달렸다.
"계 어르신은 두 소저에게 가보십시오!"
"알겠어, 소형제. 두 누님은 본좌가 지킬 테니까 걱정
하지 마."
계무득은 고개를 끄덕이고는 초연과 서은령이 있는 방
으로 내달렸다.
아환 역시 반대쪽으로 몸을 날렸다.
철벅.
하지만 그는 곧바로 다시 멈추어 섰다. 발아래서 무언
가가 소리를 내며 튀어 올랐다.
그 밑에는 피가 잔뜩 고여 있었고, 바로 옆에 시신 한
구가 쓰러져 있었다. 아환은 그의 이름까지는 몰랐지만,
얼굴은 익히 알고 있었다. 귀문의 얼마 남지 않은 문원 중
한 명이었다.
그 앞에는 두 남자가 각기 검을 들고 서 있었다.
아환과 두 남자는 서로를 알아보았다.
"네놈들의 짓이더냐?"
아환이 낮은 목소리로 물었다.
"안대는 언제 벗었느냐?"
"곧 다시 안대를 쓰게 될 것이다."

남궁명과 남궁박이 여유롭게 웃으며 저마다 한마디씩을 했다.

  아환은 가볍게 눈살을 찌푸렸다. 그 두 사람의 기도가 전과 다름을 느낀 것이다.

  "하늘이 도우셨구나. 이곳에서 네놈을 바로 만날 수 있으리라고는 생각지 않았는데."

  남궁명이 천천히 검을 들어 아환을 겨누었다. 남궁박이 자연스럽게 움직여 비스듬하게 시선을 비틀었다.

  "네놈들이 이리 했느냐고 물었다."

  아환이 주먹을 틀어쥐며 말했다.

  남궁명이 빙긋 웃었다.

  "그렇다고 하면 덤벼들 테냐?"

  "이놈들이!"

  아환은 더 참지 않았다. 그는 소리를 지름과 동시에 크게 발을 굴렀다.

  음혼구귀초래법(陰魂九鬼招來法) 제삼식(第三式)
  귀형보(鬼熒步)

  파앗!

  세차게 피어오른 귀기가 남궁명과 남궁박의 균형을 무너트렸다.

그것이 싸움의 시작이었다.

"크윽, 이놈이!"

"형님! 당황하지 마십시오!"

남궁박의 외침에 남궁명이 가까스로 평정을 되찾았다. 그는 한 발을 뒤로 뛰어 거리를 벌리면서 동시에 횡으로 검을 휘둘렀다.

쐐액!

바람을 가르며 움직이는 그의 검은 이전과는 확연한 차이를 보였다.

아환은 침착하게 옆으로 비켜섰다. 이 정도의 공격은 충분히 예상이 가능했던 범주였다.

그러나 다음 순간, 또 다른 검 하나가 그의 눈앞에 나타났다.

이번에는 아환도 깜짝 놀라고 말았다.

"헛!"

그는 헛바람을 삼키며 뒤로 뛰었다.

섬뜩한 칼날이 콧잔등을 스쳐 갔다. 머리카락이 잘려 나가고 함께 핏방울이 튀어 올랐다.

아환이 여유를 되찾기도 전, 연거푸 공격이 이어졌다. 그는 제대로 손 한 번 휘둘러보지 못하고 그저 피하기에만 급급했다.

그가 바닥을 구른 뒤 땅을 박차며 일어났다.

복잡하게 엉킨 살기의 선이 보였다. 그는 눈을 부릅뜨며 빈 곳을 향해 달리며 주먹을 쥐었다.

일단 공격을 흘리고 난 뒤 귀혼장을 날려줄 계획이었다.

그런데 어처구니없는 일이 일어났다.

또렷하게 보이던 살기의 그물이 제멋대로 헝클어진 것이다. 직후에 아환이 전혀 예측하지 못했던 곳에서 검이 튀어나왔다.

츳!

이번에는 완전히 피할 수가 없었다. 치명상까지는 아니었지만, 아환의 왼쪽 팔에 깊은 상처가 나며 피가 뿜어졌다.

아환은 팔을 움켜쥐며 뒤로 물러났다.

그는 처음 겪어보는 상황에 당황했다. 적월호나 마장호와 손을 섞을 때도 이렇지는 않았다. 단지 그가 반응을 제대로 못했을 뿐 살기의 선은 정확했던 것이다.

그러나 지금은 아니었다. 눈앞에 보이는 선명한 선들은 아무런 역할도 못하고 있었다. 확신을 가지고 치고 들어가면 기다렸다는 듯이 검이 쑥 튀어나오는 것이다.

게다가 그 상대가 남궁명과 남궁박이라는 사실 또한 그를 당황하게 만드는 원인 중 하나였다. 벌써 몇 번이고 압도적으로 눌러왔던 상대였던 탓이다.

반면 남궁명과 남궁박은 완전히 반대의 상황이었다.

부친의 말이 옳았다. 일견 엉성하게만 보였던 합격진에, 그들을 그렇게 괴롭혔던 악적이 꼼짝없이 당하고만 있지 않은가.

"저승에 가더라도 남궁雙룡의 이름은 꼭 기억하도록 해라."

"남궁雙룡? 허. 요즘 도박단들은 이름 한번 거창하게 짓는 모양이구나."

아환이 그들을 처음 만났을 때를 떠올리며 이죽거렸다.

남궁명의 얼굴에 더할 수 없이 살기가 가득 찼다.

"네놈이 재촉한 죽음이니 본 공자의 검이 가혹하다고 원망은 말거라. 박아."

"예, 형님."

남궁명과 남궁박이 눈빛을 교환하며 다시 아환을 노렸다.

'젠장!'

아환은 욕설을 삼키며 입술을 깨물었다.

또다시 정신없게 검이 날아들기 시작했다. 아환은 필사적으로 공격을 피해냈다.

살기의 선이 도움이 되지 않는다면 보지 않으면 될 일이다.

문득 드는 생각에 그는 공격 그 자체만 보려고 노력했

다. 하지만 쉽지가 않았다. 찰나를 다투는 싸움에서 머리의 판단보다 몸이 먼저 반응을 해버리는 것이다. 차라리 예전이라면 오른쪽 눈을 가리기만 해도 될 일이지만, 오히려 경지가 높아져 버린 지금은 그럴 수도 없었다.

그는 어떻게든 치명상을 피해내고는 있었지만, 몸 여기저기에서 상처가 하나씩 늘어났다. 자연스럽게 움직임이 조금씩 둔화되었고, 반면 남궁쌍룡의 공세는 더욱 신이 올랐다.

결국 아환은 최후의 결심을 할 수밖에 없었다. 팔이든 다리든 하나를 내어주고 둘 중의 하나를 잡는다는 계획이었다.

그 순간 고함 소리가 들려왔다.

"소형제를 괴롭히는 놈들은 본좌가 혼내주겠다!"

아환에게는 무척이나 반가운 목소리였다.

남궁쌍룡은 당황했던지 합격진의 위세가 잠시 줄어들었다.

그 틈에 계무득이 달려들었다.

"으랴아!"

계무득은 왼손은 손바닥을 펴고, 오른손은 주먹을 틀어쥐며 양 방향으로 내뻗었다.

콰쾅!

예상외의 공격에 남궁명과 남궁박은 꼼짝도 못하고 바

닥을 뒹굴었다.

"컥!"

"크윽! 박아 괜찮으냐?"

그리 심한 타격은 아닌지 둘은 곧바로 자세를 잡고 일어났다. 그러나 계무득을 경계하며 섣불리 달려들지는 못했다.

덕분에 아환은 숨을 돌릴 수가 있었다. 그는 저도 모르게 하늘을 보며 크게 숨을 뱉어냈다.

"소형제. 이렇게 약한 놈들한테 당하고 있었던 거야?"

계무득의 말에 남궁쌍룡은 쌍심지를 세웠고, 아환은 그저 웃어버렸다.

"이제는 본좌가 네놈들을 혼내줘야겠다. 어디를 때려줄까? 엉덩이를 맞을 테냐?"

계무득은 손을 흔들며 남궁쌍룡을 향해 걸었다.

남궁명과 남궁박은 움찔거리며 검을 고쳐 쥐었다. 사실상 계무득의 무공도 그 기본은 음혼구귀초래법과 비슷하여 그들이 합격진을 펼치면 어느 정도는 효과를 거둘 수 있을 터였다.

그러나 그런 사실을 알 리 없는 두 형제는 그저 기본적인 무공을 앞세우며 달려들었다.

확실히 그들의 무위는 이전보다 나아져 있었던 탓에, 계무득도 곧바로 그들을 제압하지는 못했다. 십여 초 손을 섞는 동안 두어 군데 상처를 입기도 했다.

하지만 거기까지가 남궁쌍룡의 한계였다.

"으아아! 본좌 화났다!"

계무득이 포효하며 발을 굴렀다.

쿠웅!

땅이 울리며 일순간 남궁명의 균형이 미약하게 흐트러졌다.

남궁박이 급히 검을 휘둘렀다.

계무득은 주먹으로 검을 맞받아쳤다.

카앙!

날카로운 쇳소리와 함께 그의 주먹이 갈라지며 피가 튀었다.

남궁박은 팔을 타고 밀려오는 충격에 검을 놓치고 비틀거렸다.

계무득은 그에게 눈길도 주지 않은 채, 재차 발을 굴리며 앞으로 주먹을 뻗었다.

퍼억!

그의 주먹이 남궁명의 복부에 꽂혔다. 남궁명은 눈을 부릅뜨더니 그대로 바닥으로 쓰러졌다.

"형님!"

남궁박이 소리를 질렀을 때, 계무득은 어느새 그의 코 앞으로 쇄도해 있었다.

콰직!

계무득의 주먹질에 남궁박의 턱이 옆으로 크게 돌아갔다. 그는 비명도 지르지 못하고 제 형의 옆에 맥없이 쓰러졌다.

"흥! 허약한 놈들이군. 소형제, 괜찮아?"

계무득이 아환에게 다가가며 물었다.

콰콰콰쾅!

별안간 폭음과 함께 온 사방이 울렸다.

아환과 계무득이 깜짝 놀라며 뒤를 돌아보았다.

별채 하나가 통째로 무너지는 중이었다.

계무득의 눈에 핏발이 섰다.

"누, 누님!"

그곳은 초연과 서은령이 있던 곳이다.

第二十四章
목적을 가지고서

"움직이지 마시오."

위협적인 목소리였다.

남자는 자신의 가슴을 향해 있는 창끝을 보며 어이없는 미소를 지었다.

그는 형식적으로 두 손을 들어 올린 뒤 고개를 저었다.

"이거 무슨 착오가 있는 것 같소만."

"귀면수 황현."

관병의 입에서 정확한 그의 이름이 흘러나왔다.

황현은 재차 헛웃음을 쳤다.

"허… 사람을 잘못 본 것은 아니오만……. 무슨 일이오?"

귀면수 황현. 그 이름은 현 강호에서 제법 위명을 떨치고 있었다. 필연적으로 그의 손에 죽은 사람도 있었고, 불구가 된 자들도 여럿이 있었다.

그러나 전부 강호의 은원일 뿐이었고, 단 한 번도 무관한 민간인을 해한 적은 없었다. 관아에서 그를 잡으려들 이유가 없는 것이다.

"억울한 사정이 있다면 따라가서 풀도록 하시오."

관병이 말했다.

"그렇게는 못하겠소. 관아에서 무고한 백성을 잡아가는 것이 될 말이오?"

황현이 씩 웃으며 대답했다.

창을 겨누고 있던 관병과 그 옆에 있던 관병이 움찔거리며 몸을 떨었다.

그 순간, 황현의 손이 움직였다.

콰직!

그의 손에 얻어맞음과 동시에 창대가 부러졌다.

황현은 후속타를 준비하려다가 마음을 바꾸었다. 아무리 그래도 관병을 공격하기는 껄끄러웠다. 대신 그는 뒤쪽으로 몸을 뺐다. 그대로 몸을 피하려는 생각이었다.

"거기까지다."

낮은 목소리가 들렸다.

황현은 그대로 멈출 수밖에 없었다. 서늘한 금속의 느

낌이 턱에 닿아 있었다.

"허……."

황현은 맥 빠진 웃음을 흘렸다. 상대방은 분명 무림인
이었고, 분명 실력도 자신보다 위였다. 하지만 무림인과
관병이 왜 자신을 잡으려 든다는 말인가?

"이유나 좀 압시다."

황현이 물었지만 그는 여전히 대답을 듣지 못했다.

같은 시각.

성 여기저기에서 흡사한 일들이 벌어지고 있었다. 관병
들은 남녀노소를 가리지 않고 병장기를 지니고 있으면 무
작정 그들을 잡아들였다. 간혹 황현처럼 저항하는 사람도
있었지만, 결과는 모두 한 가지였다. 전부 다 제압을 당해
포박을 받게 된 것이다.

장하대는 장삼과 함께 잠시 주위를 돌아보던 참이었다.

그런데 어찌 주위의 분위기가 썩 좋지 않았다. 여기저
기에 관병들이 들쑤시고 다녔고, 약간이라도 강호인처럼
보이면 무작정 잡으려 들었다.

무언가 느낌이 좋지 않았다.

"이유를 말하라고 하지 않았소이까!"

"관아에 가서 말을 해주겠다고 하지 않느냐! 계속 반항을 하겠다면 이쪽도 무력을 행할 수밖에 없다!"

근처에서도 소동이 일었다.

장하대와 장삼은 그곳을 살펴보다가 깜짝 놀라고 말았다. 귀문의 문원 중 한 명이 관원과 실랑이를 하고 있었던 것이다.

그는 장하대와 눈을 마주치고는 움찔 놀란 듯했다. 다행히 관병은 그 상황을 눈치채지 못한 듯했고, 남자는 더 소동을 키우지 않고 관병을 따랐다.

"아저씨……."

"얼른 돌아가자."

장하대는 속삭이면서 장삼의 팔을 잡아끌었다.

그들은 관병의 눈을 피해 달려서 돌아왔다. 그런 두 사람을 맞아준 것은 너저분하게 흩어져 있는 시체 조각들이었다.

"욱!"

장삼이 입을 막으며 구역질을 참았다.

장하대는 충격을 받은 얼굴로 비틀거리며 걸음을 옮겼다.

제일 먼저 아환과 계무득의 모습이 보였다. 그들 또한 장하대와 마찬가지로 적잖이 놀란 표정이었다.

"아 대협?"

"아······."

"어떻게 된 것이오?"

사실 의미가 없는 질문이었다.

장하대는 질문을 정정했다.

"혈문이오?"

아환이 대답하려던 찰나 한쪽에 가득 쌓여 있던 돌무더기가 들썩거렸다.

잠시 후, 돌무더기가 옆으로 쏟아지며 한 사람이 불쑥 올라왔다. 진석이었다.

"크윽!"

그는 돌무더기를 헤집으며 무언가를 꺼내들었다. 어지간한 관보다도 더 큰 상자였다.

한쪽 구석에서는 곤이 만신창이가 된 몰골로 비틀거리며 걸어오고 있었다.

"진석. 곤. 자네들······."

장하대가 입을 열었다.

진석은 아무 말도 없이 무시무시한 얼굴로 입술을 깨물었다. 움켜쥔 주먹이 떨리고 있었다.

"허······."

장하대가 탄식을 뱉었다.

그의 눈앞에 절망이라는 녀석이 가득 들어섰다. 이제는 정말로 남은 것이 아무것도 없었다.

"소형제! 얼른 누님들을 구하러 가야 해!"

계무득이 다급하게 소리쳤다. 없어진 초연과 서은령의 행방은 적에게 납치되었다고밖에는 생각할 길이 없었다.

아환은 힘없이 그에게 시선을 돌렸다. 물론 아환 역시도 그러고 싶었다.

하지만 어디로 가야 할지 아무것도 아는 게 없었다.

"무슨 일이냐?"

"사방을 포위해라! 아무도 못 나가게 막아! 진상 파악은 그 이후에 할 일이다!"

별안간 사방에서 고함 소리와 함께 요란한 발소리가 울려 퍼졌다. 관병이 몰려오고 있는 것이다.

곤이 입에 약을 한가득 털어 넣으며, 왼팔에 붕대를 동여맸다. 그의 왼팔은 팔꿈치 아래부터 잘려 나가 있었다.

그는 핏발이 곤두선 눈을 하고서 분노와 살기가 가득한 한마디를 뱉었다.

"놈들의 본거지는 알아냈습니다."

모든 사람이 일제히 그를 돌아보았다.

"그럼 당장 쳐들어가야지! 본좌가 저 관병들을 모두 따돌리고 따라갈 테니까 먼저 출발해!"

계무득의 움직임이 제일 빨랐다. 그는 다른 사람들이 대답하기도 전에 무작정 옆의 담벼락으로 뛰어올랐다.

"멍청한 놈들아! 본좌는 여기에 있다!"

"헉!"

"무림인이다!"

"잡아라! 놓쳐서는 안 된다!"

계무득의 외침에 응답하듯 여기저기서 고함이 터져 나왔다.

계무득은 콧방귀를 뀌며 앞으로 뛰어내렸다. 관병들이 그에게 달려들었고, 계무득 역시도 앞으로 뛰어나갔다.

나머지 사람들은 한번 눈빛을 교환한 뒤, 반대 방향으로 달려 나갔다.

곤이 간략한 설명을 꺼냈을 때, 모두는 경악에 가까운 표정을 지었다. 설마하니 혈문의 본거지가 그렇듯 당당하게 자리하고 있을 거라고는 꿈에도 생각하지 못했다.

가장 큰 난관은 성문이었다.

"저희가 정면으로 들어가겠습니다. 그 사이 장삼과 함께 돌아서 들어와 주십시오."

곤이 장하대를 보며 말했다.

장삼은 불만이 많은 눈치였지만, 주위의 분위기에 눌려 아무런 말도 하지 못했다. 지금 그들에게 느긋하게 작전 회의를 하고 있을 시간은 없었다.

장하대는 장삼을 데리고 옆으로 빠져나갔고, 남은 사람들은 곧장 성문을 향해 달렸다.

멀찍이 성문이 나타났을 때, 별안간 아환이 멈추어 섰

다.

"저 친구 귀문 아니오?"

아환이 가리킨 것은 관병들에게 잡혀 묶인 자들 중 하나였다.

"명호."

진석은 굳은 얼굴로 그렇게 말했다. 잡혀 있는 자는 유명호라는 자였는데 아환이나 진석과 같은 또래로 귀문에서는 제일 젊은 축이었다.

그들이 거기 멈춰 선 잠깐 동안 두 명의 남자가 더 잡혀서 묶였다.

"저들도?"

진석은 이번에도 고개를 저었다. 모른다는 의미였다. 상황을 보니 잡혀 있는 자는 몸이 건장한 청년들, 개중에도 무림인으로 보이는 자들뿐이었다.

"관에 줄을 댄 건가."

아환은 멀리 서 있는 관병들을 살폈다. 장전된 노(弩)를 들고 있는 자가 약 열 명, 나머지는 창이나 칼만 들고 있었다.

"노만 처리하면 어떻게 되겠군."

아환이 그렇게 말했다.

하지만 그 문제가 생각처럼 간단하지만은 않았다. 이미 장전이 되어 있으니 이 거리에서 그냥 달려들었다가는 집중 사격을 받고 발이 묶여 결국 잡히거나 몸에 화살을 꽂고 도망가는 사태를 맞을 것이 분명했다.

"노는 내가."

진석이 굳은 얼굴로 그렇게 말하며 자신을 가리켰다.

"네가 맡겠다고? 좋은 방법이 있냐? 설마 그냥 맞겠다는 건 아니겠지?"

진석은 메고 온 상자를 살짝 열었다. 그걸 본 아환은 느릿하게 고개를 끄덕였다.

"저놈 뭐지?"

관병 하나가 손가락으로 멀리 서 있는 남자를 가리켰다. 그 옆에 서 있던 관병이 고개를 돌려 보니, 덩치 좋은 남자 하나가 팔에는 토시를 끼고 얼굴에는 가면을 쓰고 길 한가운데에 서 있었다. 사람 몇은 들어갈 만한 커다란 상자도 멘 채였다.

"뭐지?"

그 관병도 똑같은 말을 했다. 그 말에 대답하듯 그 남자는 무시무시한 고함 소리를 지르며 관병들을 향해 달려왔다. 고함 소리에 놀란 사람들이 썰물 빠지듯 길 양편으로 비켜섰다.

"뭐, 뭐야! 쏴!"

지휘관이 반사적으로 소리쳤다.

노를 들고 있던 관병들은 망설이지 않고 방아쇠를 당겼다. 그만큼 진석의 기세는 무시무시했다. 열 발이 넘는 화살이 진석에게 쏘아졌다.

깡!

허무할 만큼 맑은 소리가 나면서 화살은 진석의 팔 토시에 막혔다. 팔 토시가 쇠로 되어 있었던 것이다. 흠집도 나지 않는 것으로 보아 보통 물건은 아니었다.

이마 한가운데로 날아든 것도 있었지만, 역시 큰소리를 내며 튕겨져 나갔다. 가면 역시도 쇠로 만들어져 있었다. 옷 아래라 잘 보이진 않았지만, 각반도 쇠로 된 것이라 몸을 숙이고 달려가자 화살이 뚫을 만한 곳이 없었다.

관병들은 당황하지 않았다. 창을 들고 있던 자들이 창을 앞으로 내밀며 자세를 잡고, 검을 든 자들이 좌우로 산개하며 등과 옆을 노릴 준비를 했다.

하지만 그 시도는 헛수고가 되었다.

진석의 등 뒤에서 아환이 뛰어오른 것이다.

퍽!

아환에게 순간 시선을 빼앗긴 자 하나가 진석의 발길질에 맞고 나가떨어졌다.

아환이 뛰어올랐다 착지하며 귀형보를 시전했다.

땅이 울리며 노를 들고 있던 관병들이 휘청이는 틈을 타 아환은 그 사이로 스며들었다.

그들 사이에 섞여드니 관병들은 노를 쓰지 못하고 거리를 벌리기 위해 흩어졌다.

사방에서 비명이 들렸다. 백주 대낮에 관병을 습격했으니 사람들이 놀랄 만도 했다. 성문을 지키고 있던 관병들도 몰려왔다.

그때 사람들을 잡아둔 곳에서 외침 소리가 들렸다.

"여기도 적이다! 이놈들 동료를 구하러 왔어!"

곤은 어느샌가 사람들을 대여섯 풀어주고 그들에게 관병들에게 빼앗은 칼을 쥐어주었다. 혼란을 유도하려는 목적이었다.

"고맙네!"

유명호는 풀려나자마자 한쪽에 쌓여 있던 짐 더미에서 등짐 하나를 잡아 어깨에 메었다. 어디서 나왔는지는 모르지만, 쇠 손톱도 꺼내 양손에 낀 상태였다.

누군가 소리쳐 궁수의 지원을 요청했다.

"궁수!"

"화살이 날아온다!"

"피해라! 모두 피해!"

관병들이 미처 피하지 못한 통행인들에게 소리쳤다.

하지만 화살은 날아오지 않았다. 곤이 건곤권을 던져 궁수들이 정렬하지 못하도록 한 것이다.

그 사이 곤은 한달음에 성벽을 타넘었다. 놀라운 경공

이었다. 뒤이어 유명호가 쇠 손톱을 이용해서 솜씨 좋게 성벽을 기어올랐다.

그동안 아환과 진석은 아래에서 난장판을 만들었다. 하지만 관병들에게는 살초는 물론 치명타가 될 공격도 하기가 망설여져서 의외로 시간이 걸렸다.

그때 외침 소리가 들렸다.

"물러서라! 노병! 준비!"

지휘관인 듯 보이는 자가 나타나 명령을 내렸다. 창을 든 자세가 그럭저럭 실력이 있어 보였다. 그 뒤로 똑같이 창을 든 몇이 자세를 잡았고, 노병이 죽 늘어서서 노에 화살을 쟀다.

"진석! 잡아!"

그때 위에서 곤의 외침 소리가 들렸다. 성벽에서 줄이 하나 내려왔다.

진석이 몸을 날려 그 줄을 잡고 성벽을 뛰어올라 갔다.

아환도 달려들어 넘으려 했지만 화살이 날아들었다. 아환은 아슬아슬하게 피했다. 화살, 특히 노의 화살은 속도도 빠르고 작은 데다가 살기가 느껴지지 않아서 피하기가 힘들었다.

그 사이에 진석은 거의 성벽을 다 올라갔다. 등으로 화살이 날아들었지만 등에 진 짐에 막혀 별 소용이 없었다. 그런데 다 올라갈 즈음 곤이 잡고 있던 줄에 화살이 스쳤다.

투둑.

상처를 입은 밧줄은 진석의 무게와 짐의 무게를 감당하지 못하고 순식간에 끊어졌다.

"잡아!"

하지만 진석은 떨어지려는 찰나 곤이 내민 손을 잡고 공중제비를 넘어 간신히 성벽 안으로 떨어질 수 있었다.

"어서 가! 우린 뒤따른다!"

곤이 진석에게 소리쳤다. 진석은 포효하며 성벽 반대쪽으로 내려갔다. 관병 몇이 달려들었지만 진석의 돌진을 막을 수는 없었다.

아환은 위쪽이 정리된 것을 보고 몸을 날렸다. 화살이 아슬아슬하게 어깨를 스쳐 옷을 찢었지만 상처는 나지 않았다.

그는 성문 위로 올라가서 관병들이 반응하기도 전에 발을 굴렀다.

음혼구귀초래법(陰魂九鬼招來法) 제삼식(第三式)
귀형보(鬼熒步)

쿵!

성벽 전체가 울리며 관병들이 휘청거렸고, 반수 정도는

그대로 쓰러졌다.

그 기회를 틈타 곤과 유명호가 뛰어내렸다. 아환도 그 뒤를 쫓았다.

관병들은 뒤를 쫓으려 했지만 경공을 써서 전력으로 도 망가는 그들을 잡을 수는 없었다.

●

북경성 내에는 십 년 사이에 이런 일이 또 있었을까 싶을 정도로 큰 소동이 벌어졌다.

서호진은 느긋하게 찻잔을 들었다. 향이 아주 좋았다.

"하나만 물어봐도 되겠소?"

별안간 천장에서 음산한 목소리가 흘러나왔다.

서호진은 고개도 들지 않고 대답했다.

"어쩐 일로 먼저 말까지 하십니까? 그래, 무어가 궁금하시오?"

"관병까지 동원하여 본문을 도와주는 의도는 무엇이오?"

"본문? 본문이라……."

서호진은 의미 모를 미소를 지었다.

그는 느긋한 태도로 찻잔을 들었다. 찻물이 찰랑거리며 조그마한 동심원이 퍼져 나갔다.

"순수한 호의라고 말한다면 믿으시겠습니까?"

"……."

대답은 들려오지 않았다. 서호진은 그런 반응이 재미있다는 듯 더욱 짙은 미소를 지었다.

그때 방문이 벌컥 열렸다.

"고 대인 아니십니까?"

서호진이 다소 과장된 표정으로 말했다.

문 앞에는 고력사가 서 있었다. 그는 체통도 잊어버린 듯 거칠게 숨을 몰아쉬었다.

"이런, 무슨 일이 있으셨기에 이렇게 기별도 없이 바삐 달려오신 겁니까?"

"놈들이……."

고력사가 힘겹게 입을 열었다.

서호진은 여유롭게 웃으며 이어질 말을 기다렸다.

"장부를 찾아냈소이다."

그 말을 듣는 순간 서호진의 얼굴에서 핏기가 가셨다.

"그들은 지금 어디에 있습니까?"

"이미 황궁에 도착했다고 하오."

고력사의 목소리에서는 거의 생기가 사라져 있었다.

서호진의 눈에서 핏발이 곤두섰다.

"머저리 같은!"

"지금… 지금 뭐라고 하셨소?"

고력사가 놀라며 눈을 치켜떴다.

한순간 작금의 사태를 모두 잊어버릴 정도로 서호진의 언사는 충격적이었다.

"이게 어찌된 일입니까, 고 대인?"

서호진의 미소는 부드러웠지만 두 눈에는 진득한 살기가 담겨 있었다. 고력사는 그에 억눌려 아무런 말도 하지 못했다.

"으, 으……."

"만물에는 저마다의 존재 가치라는 것이 있게 마련이지요."

"……."

"고 대인의 존재 가치는 그 장부가 다른 이들 손에 들어가지 않도록 하는 것이었습니다."

"지, 지금 대체 무슨……."

고력사가 말을 더듬거렸다.

서호진의 미소가 더욱 짙어졌다.

"무슨 말씀인지 모르겠습니까?"

그가 천천히 손을 들었다. 고력사는 눈앞에 가득 펼쳐지는 그의 손바닥을 보면서 꼼짝도 하지 못했다.

"고 대인은 이제 존재 가치가 없다는 말입니다."

서호진의 손바닥이 고력사의 얼굴을 완전히 뒤덮었다.

"끄으……."

고력사의 입에서 신음 소리가 흘러나왔다.

파스스스.

서호진의 손바닥이 고력사의 얼굴을 점점 파고들고 있었다. 얼굴이 점점 형체를 잃어가고 압력을 견디지 못한 안구 하나가 밖으로 튀어나왔다.

고력사가 온몸을 푸르르 떨더니 그대로 쓰러졌다. 그의 얼굴은 완전히 뭉개어져 고깃덩어리나 다름없이 변해 있었다.

순간 천장 위쪽에서 무시무시한 살기가 폭사되었다.

"어떻게 그런 무공을?"

천장에서 당황한 듯한 목소리가 흘러나왔다.

서호진은 손에 묻은 피를 털어냈다. 그는 지금 기분이 매우 나빴다.

무려 이십여 년이다. 그동안 준비해 온 모든 것들이 이제 겨우 열매를 맺으려던 찰나에 모든 것이 끝나 버렸다.

들인 공에 비하여 잃어버리는 과정은 허무할 정도로 간단했다.

"대답하시오!"

천장에서 들려오는 목소리는 보다 위압적으로 변해 있었다.

서호진의 인상이 사납게 일그러졌다.

그가 머리 위로 손을 뻗어 올렸다.

스스스.

짙은 기운이 사방으로 번져 나가는 듯했다.

콰직!

순간 묵직한 소리와 함께 집을 받쳐 오던 주춧돌이 깨어졌다. 축대가 꺾여 나가고 그대로 천장이 무너져 내렸다.

콰콰쾅!

"컥!"

쏟아지는 기왓장과 함께 흑의의 복면인 하나가 함께 떨어졌다.

그는 작금의 상황을 도저히 이해할 수가 없었다. 모든 것이 그의 상식 밖에서 진행되고 있었다.

"너의 존재 가치는 무엇이었는지 알고 있느냐?"

서호진의 말투가 조금 변했다.

복면인은 떨리는 눈으로 그를 바라보았다. 시야를 가득 메우며 손바닥이 그의 눈앞으로 점점 다가왔다.

◉

아환 일행은 미리 들어와 기다리던 장하대, 장삼과 다시 합류했다.

곤이 안내한 곳은 북경 내에서도 제법 규모가 있는 커

다란 상단의 본점이었다.

"이곳이 확실한가?"

장하대가 눈을 찌푸리며 물었다.

곤이 움찔거렸다. 백이면 백이라는 확신은 없었던 탓이다.

"확실합니다."

그 대답은 아환의 것이었다. 장삼 역시 동의한다는 듯 고개를 끄덕였다.

지금 두 사람의 눈에 보이는 것은 같았다.

귀기.

뭉클거리며 피어오르는 수상한 귀기가 건물 전체를 휘감고 있었다.

장하대는 미심쩍은 표정이었지만 별다른 반박을 하지는 않았다. 그는 대신 곤을 바라보았다.

"작전은 있는가?"

"정면   돌파."

이번에는 진석이 대답했다.

사람들은 모두 기가 막힌 표정을 지었지만 이런 상황에서는 뾰족한 수도 없었다.

그런데 조금 이상한 점이 있었다. 이 정도로 거대한 상가 정도 되면 근처에 다니는 사람이 많아야 했다. 해가 기울고는 있었지만 그렇게 늦은 시간도 아니었다.

"너무 조용하군."

아환이 혼자 중얼거렸다. 그는 문득 계무득이 생각났다. 그가 관병들에게 잡혔을 거라고는 생각하기 어려웠지만, 이곳으로 제대로 찾아오리라 기대하기도 어려웠다.

그들은 조심스럽게 건물의 안쪽으로 들어섰다.

안쪽은 무척 컴컴했다. 조명도 없고 창문도 없어 한밤중과도 같았다.

"이건 어쩐지……."

곤이 말끝을 흐렸다.

"꼭 함정 같습니다."

장삼이 조심스레 한마디를 꺼냈다.

마치 그 말에 화답이라도 하는 듯했다.

덜컹.

요란한 소리가 났다.

아환은 안력을 돋우며 급히 주위를 살펴보았다. 구석구석을 훑었지만 특별히 이상한 점은 보이지 않았다.

덜컹. 덜컹.

이번에는 소리가 조금 더 커졌다.

사람들은 깜짝 놀라며 발아래를 살펴보았다. 아래서 미약한 진동이 느껴졌던 것이다.

"모두……."

장하대가 무어라 말을 하려던 참이었다.

덜커덩!

요란한 소리가 터져 나오며 갑자기 바닥이 확 꺼졌다.

"으앗!"

"헙!"

일행은 저마다 비명을 삼키며 손을 휘저었지만, 이건 아예 바닥이 통째로 사라져 버린 격이라 어찌할 도리가 없었다.

"아아악!"

장삼의 비명 소리가 제일 크게 터져 나오며 메아리 비슷하게 퍼져 나갔다.

"크윽!"

아환도 이를 악물었다. 아무것도 보이지 않는 어둠 속에서 떨어지고 있으니 좀처럼 균형을 잡기가 어려웠다.

그러다 불현듯 섬뜩한 느낌이 스쳐 갔다.

아환이 몸을 틀었다. 바로 눈앞으로 어렴풋하게 땅바닥이 보였다.

"젠장!"

제대로 방비를 할 여유는 없었다. 그는 욕설을 토하며, 무작정 일장을 내뻗었다.

콰앙!

세찬 폭발과 함께 그 충격이 아환의 팔을 타고 고스란히 온몸으로 전해졌다.

"으윽!"

입에서는 멋대로 신음이 새어 나왔다.

그는 대자로 뻗은 상태로 고개만 돌려 주위를 살펴보았다. 이제 어느 정도 눈에 어둠이 익은 상태라 보다 확실하게 주위를 파악할 수 있었다.

그곳은 널따란 지하 동굴 같은 곳이었다. 그러나 다른 사람들의 모습은 보이지 않았다.

아환은 다시 머리 위로 시선을 옮겼다. 그가 떨어진 구멍이 마치 암흑 기둥처럼 보였다.

"다른 곳에 떨어진 건가."

아환은 일어날 생각을 하지 않았다. 온몸이 저리고, 통증이 여전히 남아 있기는 했지만 그것과는 별개의 문제였다.

허탈감에 아무런 의욕이 생기지 않았다.

대체 자신은 무엇을 위해 이러고 있단 말인가?

이 순간만큼은 아무런 생각도 나지 않았다. 초연과 서은령에 대한 기억도 까마득하게만 느껴졌다.

[팔자 한번 좋구나.]

문득 환청이 들렸다. 이제는 기억의 한구석에 숨어 있던 목소리였다.

머리 위에 펼쳐진 어둠 속에서 아수라의 얼굴이 떠올랐다.

[무얼 하고 있느냐?]

아수라가 물었다.

"글쎄요. 저도 모르겠습니다."

아환이 중얼거렸다.

이제는 모든 것이 귀찮게만 느껴졌다. 그냥 이대로 죽
든 살든 가만히 누워만 있고 싶었다.

"언제까지 누워 있을 참이더냐?"

다시 목소리가 들렸다. 이번에는 환청이 아니었다.

아환이 눈동자를 굴려 목소리의 주인공을 찾았다. 이제
는 아주 지긋지긋한 얼굴이 나타나 있었다.

"일어나라."

마장호가 말했다.

아환은 피식 실소를 흘렸다.

"또 네놈이더냐? 여기저기서 잘도 나타나는구나. 이제
는 귀찮다. 죽일 테면 죽여라. 이제 네놈하고 시비하는 것
도 지겹다."

"뭐야?"

마장호가 어이없어 하며 웃었다. 이런 아환의 반응은
전혀 생각해 보지도 못했던 것이다.

"큭. 어이가 없구나. 내가 지금 여기서 무엇을 하고 있
는지 모르겠다."

"내가 할 말이다."

아환은 여전히 누운 채로 심드렁하게 받아쳤다.

마장호가 눈을 번뜩였다.

"오냐. 그렇다면 소원대로 단숨에 죽여주마. 두 계집들을 데리고 문주가 엉뚱한 짓을 하기 전에 얼른 가보아야 하니까."

두 계집들.

마장호의 말을 듣는 순간, 아환은 잊고 있던 두 여인을 상기했다.

"아마 그 아이는 그대와 그대 스승 둘 모두를 용서하지 않을 거예요. 못해도 삼백 년 동안은 죽어라고 쫓아다니면서 괴롭힐지도 모르죠."

어째서인지 서은령과의 대화가 머릿속에서 되살아났다.

'그럴 수는 없지.'

아환이 속으로 중얼거렸다.

다음 순간 그의 얼굴을 노리고 내려오는 마장호의 발이 보였다.

"제길!"

아환이 고함을 질렀다. 그는 이제 스스로가 무엇을 원하는지도 알 수가 없었다. 그저 욕설을 토해내며 옆으로 몸을 굴렸다.

콰앙!

머리 뒤쪽에서 귀가 얼얼할 정도의 굉음과 충격파가 터져 나왔다.

아환은 곧바로 몸을 튕겨 올리며 주먹을 틀어쥐었다. 갑자기 몸을 움직이자 거의 잊고 있었던 통증이 다시 되살아나 전신을 자극했다.

"큭!"

"그 사이에 마음이 바뀐 것이냐?"

마장호가 조롱하며 물었다.

아환도 입술을 비틀며 마주 조소를 지었다.

"아니, 잊고 있던 게 생각났을 뿐이다."

"어린놈이 건망증이 그렇게 심해서야 쓰겠느냐?"

"끝도 없이 집착만 거듭하는 늙은 놈보다야 낫지 않겠느냐?"

말싸움은 어느 한쪽의 우위라고 평가하기 어려울 정도로 팽팽했다.

이제는 다른 싸움을 시작할 때였다.

마장호와 아환은 누가 먼저랄 것도 없이 서로에게 달려들었다.

십여 초의 공방이 오갔다.

마장호는 또 한 번 놀랐다. 아환의 무위가 이전에 보았을 때보다도 더욱 올라가 있었던 것이다.

별안간 마장호의 신형이 흔들린다 싶더니 좌우로 몇 개
나 불어났다.

그리고 네댓의 마장호가 사방에서 동시에 철마장을 펼
쳤다.

피할 길이라고는 도저히 보이지가 않았다. 보통의 사람
에게는 틀림없이 그랬을 것이다.

아환의 눈이 보다 커졌다.

몸을 꿰뚫을 듯이 날아드는 살기의 선이 보였다. 마장
호의 모습은 여럿이지만 그 선은 하나였다.

휘웅!

마장호의 공격이 아환의 가슴을 스쳐 갔다.

아환은 옆으로 몸을 틀며 팔꿈치를 휘둘렀다. 마장호는
뒤쪽으로 몸을 젖혔고, 그걸 노리기라도 한 듯이 아환의
손바닥이 따라붙었다.

"하아!"

"크윽!"

마장호가 침음성을 흘렸다. 그는 최대한 몸을 비틀어
어깨로 공격을 받아냈다.

콰앙!

말이 좋아서 받아냈다지 얻어맞은 것이나 다름없었다.
큰 충격과 함께 마장호가 몇 걸음을 물러났다.

그의 얼굴에 더욱 짙은 살기가 들어섰다.

"귀찮게 하는구나."

"네놈들보다야 아니지."

아환이 유들유들하게 대꾸했다.

"네놈은 그 힘을 얻기 위해서 얼마나 노력했느냐?"

마장호의 목소리에서 지금까지 본 것 중 가장 큰 살의가 배어 나왔다. 그는 무시무시한 눈으로 아환을 노려보며 말을 이었다.

"너희 같은 종자는 너무 쉽게 힘을 얻는다. 그래서 그것이 얼마나 힘든 경지인지를 모르지."

"뭐라는 거냐?"

아환이 눈을 찡그리며 소리쳤다.

두근.

그러나 마장호의 그 한마디에 아환의 심장이 요동치기 시작했다.

마장호가 한 발을 다가서며 입을 열었다.

"너는 발끝에서 손끝까지 힘을 전달하기 위해 어떤 자세를 취해야 하는지 배워 본 적이 있느냐?"

아환은 입이 굳었다.

"너는 장작을 세워두고 그 위에서 균형을 잡으며 수련해 본 적이 있느냐? 몇 번이고 넘어져 가며 몸을 흔들리지 않게 노력한 적이 있느냔 말이다."

아환은 저도 모르게 한 발짝 물러섰다. 무어라 말하고

싫었지만 가슴이 답답하여 말이 나오지 않았다. 아니, 숨조차 쉬기가 어려웠다.

"너는 그 경지에 도달하기 위해 어떤 노력을 했느냐? 대체 무엇을 했느냔 말이다!"

마장호가 크게 소리쳤다.

"이 상황에 와서도 어째서 변명 한마디 못하는 것이냐!"

아환은 대답이 생각나지 않았다.

두근. 두근. 두근.

심장이 더욱 세차게 뛰었다.

아환은 그런 자신의 심정을 무시했다. 그는 이를 악물며 가타부타 장을 내뻗었다.

음혼구귀초래법(陰魂九鬼招來法) 제일식(第一式)
귀혼장(鬼混掌)

마장호는 철마장으로 그것을 맞받아쳤다.

콰앙!

지하 동굴에 두 손바닥이 맞부딪치는 소리가 울려 퍼지며 천장과 벽이 흔들렸다.

아환은 한 발 물러서며 귀형보를 쓰려고 했으나 좁은 곳이라 큰 기술을 쓸 수가 없었다. 거기다 벽과 바닥의 강도도 확신할 수가 없었다.

마장호는 더욱 달라붙었다.

"큭!"

아환은 바싹 붙은 상태인데도 무시무시하게 날아드는 마장호의 주먹에 배를 얻어맞고는 신음을 내질렀다.

마장호는 아환이 충격으로도 떨어지는 것을 용납하지 못하겠다는 듯 균형이 무너진 아환의 어깨를 잡고 옆구리를 무릎으로 찍었다. 아환은 간신히 막았지만 이미 바싹 붙은 상태라 다음 공격에 대비할 수가 없었다.

마장호의 발이 아환의 어깨를 걸어찼다. 아환이 충격으로 반 바퀴 몸을 돌리자 거기에 마장호의 주먹이 있었다.

"큭!"

아환은 신음 소리를 내며 그 주먹을 막았다.

"왜 그러나? 그 잘나신 눈으로 내 공격이 보이는 게 아니었나?"

마장호는 이죽거렸다. 그 말은 옳았다.

아환은 마장호의 공격을 다 알 수 있었다. 마장호의 손, 발, 팔꿈치, 무릎, 이마, 등 모든 타격 부위에서 아환을 향해 선이 뻗어 나왔다.

그것은 또렷이 보였다. 하지만 이렇게 밀착한 상태에서는 소용이 없었다. 이 정도 거리라면 눈으로 보려 해도 아환 자신의 몸이나 마장호의 몸이 사각을 만들어 버린다.

어떻게 보였다고 해도 마장호의 교묘한 술수 때문에 피할 수도 없었다.

"이것은 내 거리가 아니다."

마장호는 그렇게 말하며 아환에게 박치기를 먹였다. 눈앞이 번쩍 하는 순간 아환은 무의식적으로 장을 내질렀다.

마구잡이로 내지른 것이었지만, 다행히 마장호를 스치는 정도는 되었기 때문에 거리를 벌릴 수 있었다.

아환은 숨을 몰아쉬며 자세를 잡는데 마장호는 턱을 한 번 쓰다듬더니 냉정한 눈으로 아환을 쳐다보곤 계속 말했다.

"네놈 일행의 그 덩치가 좋아하는 거리가 아마 이렇게 바싹 붙은 것이겠지. 내게 맞는 거리는 너와 같다. 알고 있겠지."

아환은 바싹 긴장하며 거리를 더 벌렸다. 좁은 공간이라 마장호와 같은 거리에서 싸우다간 결국 또 끌려들어갈 뿐이라는 생각이었다.

거리가 있으면 자신 쪽이 혼원탄이든 귀인이든 거리를 두고 싸울 수 있는 것이 마장호보다는 많다. 그런 생각이었다.

"흥. 그러고도 무인이냐. 슬금슬금 눈치나 보고!"

그런 아환의 기색을 알아채고 마장호가 일갈했다.

아환은 뜨끔했지만 어쩔 수가 없었다.

"그 덩치 놈과 내가 아까 거리에서 싸웠다면 내가 졌을 거다."

마장호의 말에 아환은 약간 놀랐다. 사실 진석의 무위는 지금의 마장호에게 비할 바가 아니었다.

"밀착한 상태에서 싸우는 건 쉬운 일이 아니다. 상대의 반응을 예측하고, 그에 따라 움직여야 하지. 동시에 전신으로 상대의 움직임을 읽어야 한다. 그렇지 않으면 예측 따위는 불가능하지."

거기까지 말하는 마장호의 얼굴에는 비웃음과 경멸이 가득 찼다.

"네놈처럼 알량한 눈이나 기연(奇緣)으로 얻은 무공 하나로 설치는 녀석들은 평생 가도 도달할 수 없는 경지란 말이다!"

그 말은 아환에게라기보다는 차라리 자기 자신에게 하는 말에 가까웠다.

아환은 다음 순간, 시계 전체가 새까매지는 것을 느끼고는 몸을 최대한 웅크려 방어했다.

퍽!

하지만 그것은 실수였다. 마장호는 달려들어 아환의 옆구리를 걷어찼다. 뼈가 부서지는 소리가 들렸다.

"눈에 의지하는 놈이라는 걸 안 이상 간단하지. 네놈은 아직 그런 괴물이 되기는 노력이 부족해."

아환은 신음을 흘렸다.

"끄윽!"

"괴로우냐? 그래서야 어디 괴물이라고 할 수 있겠느냐?"

마장호는 전에 없이 흥분해 있었다.

그는 아환의 멱살을 쥐고 들어 올렸다. 아환은 숨이 턱 막혔다.

"윽!"

"너는 무엇을 위하여 무공을 익혔느냐?"

"크으!"

"네놈의 목표는 무엇이냐고 묻는 것이다."

멱살을 틀어쥔 힘이 보다 강해졌다.

제대로 호흡을 할 수가 없었던 탓에 아환은 정신이 가물가물했다. 하지만 오히려 그런 상태에서 한 가지만은 또렷해졌다.

목표? 무엇을 위하여 무공을 익혔느냐고?

"끅……."

아환이 숨넘어가는 소리를 내며 그대로 축 늘어졌다. 멱살을 쥐고 있던 마장호의 손이 약간 느슨해졌다.

그 순간 아환이 다시 움직였다. 그는 몸을 뒤로 퉁겨 올렸다가 반동을 이용하여 그대로 마장호의 얼굴에 머리를 들이받았다.

콰직!

"컥!"

이런 원초적인 공격에 있어서는 무공의 이론이고 초식 이고 다 소용이 없었다. 마장호는 얼굴을 감싸 쥐며 비명 을 토했다.

"내 목표가 무엇인지 물었느냐?"

아환이 헉헉거리며 말했다.

"혈문을… 네놈들을 멸하는 것이다."

"뭐야?"

마장호가 인상을 쓰며 얼굴을 감싸고 있던 손을 내렸 다.

아환이 천천히 발을 들어 올리며 그를 향해 씩 웃었다.

음혼구귀초래법(陰魂九鬼招來法) 제삼식(第三式)
귀형보(鬼熒步)

콰콰쾅!

지하 동굴이라 폭음이 한층 크게 터져 나왔다. 큰 지진 이 일어난 것처럼 아환의 발 주위로 땅이 갈라지더니 급 기야는 양쪽 벽면과 천장까지 무너지기 시작했다.

마장호는 아환이 뒤쪽으로 떠나가는 것을 보면서도 원 체 정신없이 쏟아지는 돌무더기들 때문에 그 뒤를 쫓지 못했다.

  아환은 조심스럽게 앞으로 걸어 나갔다. 어둠 속에서
구불구불한 길들이 마치 미로처럼 펼쳐져 있었다.
  어느 순간 그가 발을 멈추었다.
  몇몇의 귀들이 허공에 떠 있었다.
  남자, 여자, 아이, 노인 등 다양하게 있었는데 모두 머
리만 남아 있었다.
  [살려줘. 살려줘.]
  [죽기 싫어.]
  [그만해.]
  귀들이 내뱉은 단편적인 외침들이 모여서 처절한 화음
을 만들어냈다.
  아환은 움찔거리면서 그 귀들을 따라 걸음을 옮겼다.
  그렇게 얼마나 걸었을까?
  "흡."
  아환이 눈을 찌푸리며 코를 감쌌다. 앞에서부터 역한
냄새가 흘러나오고 있었다.
  짙은 피 비린내. 그리고 고기가 썩는 듯한 냄새가 뒤섞
이어 구역질을 나게 만들었다.
  아환은 코를 막으며 조금 더 나아갔다.
  잠시 후, 그의 앞에 악취의 원인이 나타났다. 그것은 사

람의 외형을 하고 있었으되 사람이라고 부르기는 어려웠다.

손가락은 모두 사라져 뭉툭한 손목만이 남아 있었다. 그나마도 상처가 덧나고 곪아 안쪽으로 살이 썩어 들어가고 있었다.

비단 손만이 아니라 몸 구석구석이 그러했다. 심지어 복부의 곪아 터진 상처 부위에서는 파리들이 왱왱거리며 날아다니기도 했다.

꿈틀.

그것이 미약하게 몸을 떨었다. 아직까지도 숨이 채 끊어지지 않았던 것이다.

"살아 계시오?"

아환이 조심스럽게 입을 열며 그에게 두어 걸음을 다가섰다.

쓰러져 있는 사람의 얼굴이 보다 또렷하게 보였다.

"어르신?"

아환이 충격을 받은 얼굴로 중얼거렸다. 그 사람 같지 않은 이는 바로 장무였다. 온몸에 남은 지독한 상처들은 전부 다 고문의 흔적들인 것이다.

그의 뒤쪽 벽에는 쇠사슬이 주렁주렁 매달려 있었다. 필경 두 손이 멀쩡했을 때는 그곳에 결박되어 있었을 것이다.

"어르신!"

아환이 보다 목소리를 키워 그를 불렀다.

장무가 미약하게 몸을 떨었다.

잠시 후 그의 눈꺼풀이 파르르 떨리더니 미약하게나마 눈이 드러났다.

"……."

파리한 입술이 달싹거렸다. 하지만 그 밖으로 새어 나오는 것은 그저 색색거리는 쉿소리가 전부였다.

"괜찮으십니까?"

괜찮을 리가 없었다. 그러나 아환은 그렇게 물어볼 수밖에 없었다.

장무는 여전히 말을 하지 못했다. 아니, 사실은 목숨이 붙어 있는 것만으로도 기적에 가까워 보였다.

아환은 어찌할 줄을 몰랐다. 진기를 불어넣어 볼까도 생각했지만 그 결과를 확신할 수가 없었다. 자칫 저런 몸에 귀기가 침입한다면 오히려 죽음만 재촉할 가능성도 있었다.

[뒤쪽에…….]

별안간 장무의 목소리가 들렸다.

아환이 깜짝 놀라며 그의 얼굴을 쳐다보았다. 그의 입술은 여전히 힘없이 떨리고만 있었다.

[두 여인이…….]

장무는 초점이 사라져 흐릿한 눈으로 아환을 바라보았다.

아환은 그제야 상황을 이해했다. 장무는 지금 죽음 직전에 이르러 있었다. 육신과 혼백이 분리되는 과정에서 그의 사념이 아환에게 전해지고 있었다.

[조심… 사실… 혈문주는…….]

하지만 원체 그동안의 고문이 지독했던 탓인지 엉망이 되어 있는 육신만큼이나 그의 혼백도 흐트러져 있었다. 사념조차 또렷하게 전달되지가 않았다. 이런 경우라면 죽음과 동시에 남은 혼백들은 모두 흐트러져 버릴 것이다.

"어르신!"

아환이 다시 소리쳤다. 그것 외에 그가 할 수 있는 일은 없었다.

[그는… 인형…….]

"무슨 말씀이십니까?"

아환이 다급하게 되물었다. 저 지경이 되어서까지 끊임없이 말을 되풀이하는 것을 보면 필히 중대한 일일 것이다. 그러나 도무지 알아들을 수가 없어 답답하기만 했다.

[그는…….]

그리고 그 한마디를 끝으로 사념의 목소리도 더 이상 들리지 않게 되었다.

장무는 축 늘어진 채 더 이상 움직이지 않았다. 미약하게나마 이어지던 숨소리도 멎어 있었다.

시큰거리는 통증이 밀려왔다. 진석은 신음을 삼키며 억지로 정신을 다잡았다.

눈을 뜬다는 단순한 행동이 그렇게 힘겨웠던 적은 처음이었다.

으득!

어금니가 맞물리며 굉장한 소리를 냈다. 그는 이를 악물며 고개를 치켜들었다.

"호오."

한 남자가 있었다.

진석은 그 얼굴을 알아보고 더욱 어금니를 깨물었다. 입안에 상처라도 났는지 입술 끝에서 피가 흘러내렸다.

"덩칫값을 하는 건가? 정신을 차리는 건 제일 빠르구나."

남자가 웃었다.

혈문주 적월호.

어찌 그 이름과 얼굴을 잊을 수가 있을까?

진석은 옆을 돌아보았다. 장하대와 장삼이 쓰러져 있었다. 정신을 잃은 것인지 죽은 것인지는 분간할 수가 없었다. 둘 다 상처투성이었고 전신이 피로 물들어 있었다.

다른 쪽에는 서은령과 초연이 있었다. 그녀들은 특별히 상처는 없었지만, 점혈이라도 되었는지 그저 적월호를 노려보고만 있었다.

"으, 으……."

진석이 벌떡 일어서려다가 극심하게 엄습하는 통증에 다시 무릎을 꿇고 말았다.

"역시 생긴 대로 미련한 놈이로구나. 네놈 몸 상태는 지금 그렇게 움직일 수 있는……."

적월호가 말을 하다말고 입을 다물었다.

"이야아아!"

진석이 포효하며 벌떡 일어선 것이다.

그는 두 손을 들고 빠른 속도로 제 몸의 혈도를 짚어갔다.

파파팟!

천령중혼현현술(天靈衆魂現顯術)

그의 관자놀이가 불룩해지고 온몸으로 시퍼런 핏줄이 솟아올랐다. 근육이 터질 듯이 부풀어 오르며 가뜩이나 거대한 덩치가 그야말로 곰만 하게 변했다.

"크르!"

이를 드러내고 울부짖는 그의 모습은 굶주린 맹수와 다를 것이 없었다.

"으아아!"

진석이 포효하며 뛰어올랐다.

적월호의 두 눈이 사납게 일그러졌다.

콰앙!

그는 손을 들어 진석의 주먹을 받았지만, 충격을 다 이겨내지 못하고 뒤로 튕겨 나갔다.

"마지막 발악이라도 하려느냐?"

적월호의 얼굴에 살기가 가득 찼다.

진석은 다시 주먹을 휘두르며 달려들었다. 적월호는 발로 땅을 내려찍으며 앞으로 손바닥을 뻗었다.

귀혼장이었다.

콰쾅!

주먹과 손바닥이 맞부딪쳤다.

폭음이 주위의 동굴 벽을 뒤흔들었다. 진석은 팔을 끌어당기며 몸을 빙글 틀었다.

그 순간이었다.

파팡!

한껏 근육으로 부풀어 있던 그의 팔이 더욱 커지는가 싶더니 그대로 터져 버렸다. 너저분한 살점과 피가 하늘로 솟아올랐다.

"크아악!"

진석이 폭발해 버린 팔을 움켜쥐며 비명을 토했다.

적월호는 그 앞으로 쇄도하며 다시 한 번 장을 휘둘렀다.

쾅!

귀혼장이 진석의 가슴에 적중했다.

"컥!"

그는 시커먼 피를 토해내며 바닥을 뒹굴었다. 부풀었던 몸에서 바람이라도 빠지듯 체구가 급격하게 줄어들었다.

"컥, 크헉⋯⋯."

진석은 일어나지 못하고 부들부들 몸을 떨었다. 만신창이가 된 오른팔에서는 여전히 피가 철철 흘러나오고 있었다.

적월호가 그 앞으로 다가와 다리를 굽혀 앉았다. 그는 진석의 머리를 쥐고 들어 올려 자신과 눈높이를 맞추었다.

"그놈은 어디에 있느냐?"

"⋯⋯."

"아환이라는 놈은 어디에 있느냐고 물었다."

"퉤!"

진석은 대답 대신 입안에서 역류한 시커먼 핏덩이를 뱉어냈다.

적월호는 손등으로 얼굴을 닦아내며 싸늘하게 웃었다.

"말할 생각이 없느냐?"

"크흐……."

"그럼 생각이 나도록 해줘야지."

적월호는 미소를 지은 뒤 옆으로 성큼성큼 걸음을 옮겼다. 장삼과 장하대가 쓰러져 있는 방향이었다.

적월호는 엎드려 있는 장하대의 머리카락을 붙들고, 머리만 약간 들어 올렸다.

"건드리면 넌 죽는다!"

진석이 피를 토하며 외쳤다.

적월호는 고개를 내저었다.

"지금 상황을 잘 모르는 모양이구나. 협박은 내가 하는 거다. 다시 묻겠다. 아환이라는 놈은 어디에 있느냐? 말하지 않으면 이놈은 죽는다."

"손 치워!"

진석의 눈에서 불똥이 튀어나올 듯했다.

그러나 적월호는 그런 모습을 보면서 오히려 웃었다. 장하대의 머리를 움켜쥔 그의 손이 약간 위로 올라가는 것처럼 보였다.

콰직!

다음 순간, 장하대의 얼굴이 바닥에 처박히며 머리통이 절반 정도 으스러졌다. 그 처절한 광경에서는 굳이 생사를 확인할 필요조차 없었다.

"으, 으아아아아! 죽인다!"

진석의 분노 서린 외침이 동굴을 쩌렁쩌렁 울렸다.

적월호는 여전히 웃고 있었다.

"아직도 말할 생각이 들지 않느냐?"

그가 한 걸음을 움직였다. 피와 뇌수로 범벅이 되어 있던 그 손이 이번에는 장삼의 머리로 움직였다.

"그, 그만!"

진석이 피를 토하며 울부짖었다.

적월호가 가볍게 고개를 돌려 그를 바라보았다.

"그래. 이제 말할 생각이 들었느냐?"

"모른다."

"모른다?"

"정말 아무것도 모른다!"

진석이 다급하게 소리쳤다.

적월호는 고개를 끄덕거렸다.

"흐음. 정말인가 보군."

"맹세한다!"

"그렇다면 너희는 쓸모가 없지."

"뭐?"

진석이 당황하여 반문했다.

다음 순간 적월호가 장삼의 머리를 들어 올렸다.

진석은 입을 벌렸다. 이제는 더 이상 비명조차 나오지

않았다.

그의 두 눈이 시뻘겋게 물들고, 급기야는 피가 흘러내렸다. 가득 확대된 동공 안에서, 적월호가 장삼의 머리를 땅으로 내리찍었다.

콰직!

"……!"

진석이 온몸을 흔들며 울부짖었다. 하지만 그의 목에서 나오는 것은 비명이 아니라 시커먼 핏덩이였다.

적월호가 몸을 돌려 진석을 향해 움직였다.

한 걸음, 두 걸음.

그 순간 갑자기 적월호가 제자리에서 멈추며 몸을 떨었다.

"윽!"

그는 외마디 비명을 지르며 비틀거렸다.

지끈.

원인을 알 수가 없었다. 머리가 쪼개질 듯한 통증이 느껴졌다.

"크으윽!"

적월호가 두 팔로 머리를 감쌌다. 크게 심호흡도 해보았지만 통증은 사라지지 않았다. 아니, 점점 더 강해지고 있었다.

그가 휘청거리며 무릎을 꿇었다.

"으, 으아아!"

콰앙!

그는 괴성을 지르며 주먹으로 땅바닥을 내리쳤다. 돌덩이가 깨져 나가고 그 파편이 사방으로 튀어 올랐다. 개중 하나는 그의 뺨을 스치고 가며 생채기를 만들어내기도 했다.

"끄아아! 그만! 그만해!"

적월호는 급기야 비명을 지르기 시작했다.

"그만하란 말이다! 끄아아악!"

그는 허공에 욕설을 퍼붓는 동시에 끊임없이 비명을 토했다. 그는 머리를 쥐어뜯으며 바닥을 굴렀다.

고통은 전혀 줄어들 기미가 없었다.

"끄으으……."

그의 눈동자에서 초점이 사라지는가 싶더니 그대로 눈이 뒤집어지며 희번뜩하게 흰자위만 나타났다.

입으로는 게거품이 솟아올랐다. 얼굴 위로 솟아오른 실핏줄들은 마치 조밀하게 쳐져 있는 거미줄을 연상하게 만들었다.

얼마 후 아환이 그곳에 나타났다.

초연과 서은령은 한쪽 구석에서 점혈이 된 채 앉아 있었고, 진석은 만신창이로 거의 넋이 나가 보였다. 장삼과 장하대는 머리가 짓이겨진 채로 시체가 되어 있었으며, 적월호 또한 숨이 끊어져 있었다.

　아환은 멍하니 그 풍경을 바라보았다. 무슨 말을 해야 할지, 어떤 행동을 취해야 할지 일순간 아무것도 생각할 수가 없었다.

第二十五章
과거의 조각들은

"금제가 걸려 있었던 거예요."

초연이 말했다. 비록 점혈이 되어 움직일 수는 없었지만, 모든 광경을 지켜볼 수는 있었다.

적월호가 장하대와 장삼을 죽이던 모습. 그리고 이후에 갑자기 괴로워 하며 쓰러져 버린 모습까지도.

"금제?"

아환이 반사적으로 그 말을 번복했다.

그는 좀처럼 현실이 느껴지지가 않았다. 진석을 제외하고는 귀문에 관련된 모든 이들이 죽어버렸다. 그리고 그 흉수인 혈문주도 숨이 끊어졌다.

"다른 누군가가 그의 정신을 묶어둔 거죠. 즉, 그는 인형이나 다름없었다는 거예요. 그러다가 그 순간, 금제가 풀어졌어요. 억눌려 있던 혼백이 갑자기 사방으로 퍼져 나가 그의 육신이 그것을 감당해 내지 못한 거예요. 알아듣고 있나요?"

"대충은……. 그럼 누가 대체 그런 술수를 부렸단 말입니까? 그것도 혈문주한테. 만약 초 소저라면 어떻겠습니까? 혈문주에게 그런 술법을 걸 수 있습니까?"

"약간이라면 몰라도 그 정도로 강력하게는 불가능해요. 너도 가만히 있지만 말고 말 좀 해봐."

초연이 눈을 찌푸리며 옆을 돌아보았다.

"어, 응? 그, 그래."

서은령이 말을 더듬으며 대꾸했다. 약간은 이상하게 느껴질 정도로 당황하는 모습이었다.

그러고 보니 그곳에서 빠져나올 때부터 지금까지, 그녀는 계속 허둥거리고 있었다.

"서 소저…."

아환이 입을 열던 때였다.

쿠웅!

묵직한 진동이 땅을 타고 웅웅 울렸다.

세 사람이 모두 고개를 돌렸다.

어디론가 사라졌던 진석이 큼지막한 바위 하나를 가져와 땅에 내려 두고 있었다. 그는 오른팔을 축 늘어뜨린 채, 왼팔 하나만 사용하여 움직이고 있었다. 아마 그는 다시는 오른팔을 예전처럼 자유자재로 움직이지 못할 것이다.

"내가 하지."

아환이 그에게 다가가 대신 바위를 들어 올렸다.

진석은 말없이 고개를 저었다. 아환은 그의 눈빛을 보며 제자리에서 멈추어 서고 말았다.

진석은 그 바위를 움직여 똑바로 세웠다. 그 뒤에는 엉성하게 만들어진 세 개의 봉분이 있었다. 장무와 장하대, 그리고 장삼의 묘였다.

즉, 그 바위는 비석 대신이었다.

진석은 우두커니 서서 바위와 뒤쪽의 봉분을 바라보았다.

아환은 그를 조심스럽게 살펴보았다. 언뜻 보기에는 담담한 것처럼 보이기도 했다.

하지만 그럴 리는 없었다.

"……."

주먹을 틀어쥔 진석의 왼손이 부들부들 떨렸다. 팔뚝 위로는 진즉 시퍼런 핏줄이 잔뜩 돋아나 있었다.

"으아아!"

별안간 그가 하늘을 보며 괴성을 토해냈다.

귀문은 그에게 있어 가정이었다. 장무는 아버지였고, 다른 문원들은 형제고 동생이었다. 단 한순간에 그 모든 것을 잃어버린 것이다.

쾅!

별안간 그가 바위에 머리를 들이받았다. 돌가루와 함께 피가 솟아올랐다.

"으아아아아!"

진석이 다시 괴성을 질렀다. 그는 재차 바위를 향해 머리를 내려찍었지만, 부딪히기 직전에 아환이 가까스로 그 어깨를 잡아챘다.

"죽을 작정이냐?"

아환이 그의 어깨를 잡아끌며 물었다.

진석은 비틀거리며 뒷걸음질을 쳤다. 다행히 그는 더 난동을 부리지는 않았다.

"원수는……."

그는 아환을 돌아보지도 않은 채 입을 열었다. 잔뜩 쉬어버린 목소리가 새어 나왔다.

"원수는 누구에게 갚아야 하는 거냐."

그가 비로소 아환을 돌아보았다. 이마에서는 여전히 피가 줄줄 흘러내리고 있었다.

아환은 아무런 말도 하지 못했다.

진석은 완전히 무기력하게 변해 버렸다. 움직임과 목소

리는 물론 두 눈에서조차 생기가 완전히 사라져 있었다. 지난날 그의 모습과는 전혀 다른 사람이라고 생각되어질 정도였다.

타탁. 탁.

불똥이 어둠 속으로 튀어 올랐다. 아환은 그 뒤쪽에 누워 있는 진석의 모습을 보았다.

이제 어떻게 해야 하는가?

혼란스러운 것은 그 역시도 진석과 마찬가지였다. 옛날 아수라는 그에게 혈문의 멸망을 부탁했다.

그렇다면 이제 혈문주가 죽었으니 해결이 된 것일까?

"후……."

아무것도 알 수가 없었다.

그때 갑자기 누워 있던 초연이 몸을 일으켰다. 아환이 입을 움직였지만 그녀는 아환을 보고 있지 않았다.

"일어나."

초연은 누워 있는 서은령을 바라보고 있었다.

서은령이 반응을 보이지 않자, 초연이 다시 한 번 말했다.

"자는 척하지 말고 일어나."

"……."

대답은 여전히 없었다. 그러나 대신 서은령은 천천히 몸을 일으켰다.

"뭘 숨기고 있는 거지?"

"나는……."

마침내 서은령이 입을 열었다. 하지만 머뭇거리는 것은 여전했고 초연은 거듭 날카롭게 물었다.

"혈문주와 관계된 일이야?"

"…그래."

"그에게 금제를 건 사람을 알고 있는 거지?"

초연의 질문은 꽤나 놀라웠다. 아환은 눈을 크게 뜨며 두 여인을 바라보았다.

서은령은 놀라는 아환을 보며 당황했다. 하지만 이미 그녀가 할 수 있는 일은 없었다. 그녀는 쓰게 웃으며 초연을 바라보았다.

"못됐구나."

"흥! 누가 할 소리를?"

"그래, 맞아."

서은령이 체념한 듯 고개를 끄덕였다.

아환은 대화가 어떻게 진행되고 있는 것인지 속단하기가 어려웠다. 무언가 심상치 않은 분위기라는 것만 짐작할 수가 있었다.

서은령이 아환과 초연 사이의 허공으로 시선을 돌렸다. 그리고는 누구에게 말을 하는 것인지 모호하게, 어찌 보면 혼잣말에 가깝게 중얼거렸다.

"서호진. 내 양부이자, 혈문의 진짜 주인이지."

"뭐요?"

아환이 저도 모르게 소리를 질렀다.

초연 쪽도 놀라기는 마찬가지였다. 다만 그녀는 놀람보다는 배신감 혹은 분노 등의 감정이 더 큰 듯이 보였다.

"이제까지 잘도 숨기고 있었구나."

"밝히기 싫었을 뿐이야. 네가 물어본 적도 없었고."

"아, 아니. 잠시만."

결국 참다 못한 아환이 끼어들었다. 그는 누구를 쳐다봐야 할지 몰라 연신 고개를 두리번거렸다.

"지금 두 분이 하는 대화에 대해서 좀 물어봐도 되겠습니까? 혈문의 진짜 주인이라면……."

"서진이라는 이름을 들어본 적이 없나요?"

서은령이 물었다.

아환은 잠시 기억을 더듬다가 이내 고개를 저었다.

"그런가요. 혈천이 말해주지 않았나 보군요."

"예?"

"서호진. 삼백 년 전 그 사람의 이름은 서진이었어요."

서은령의 먼 어둠 속을 응시하며 느릿하게 말을 꺼냈다.

"서 대인? 이곳에는 어쩐 일이시오?"

입구를 지키고 있던 무인 하나가 서호진을 알아보며 길을 막아섰다. 어투는 존칭이었지만 표정이나 말투는 절대 공손하지 않았다.

서호진은 인상을 찡그렸다. 평소라면 웃고 넘겼을 그지만 지금 그의 기분 상태는 근 십 년 중에서도 최악이었다.

"집 주인이 집에 들어오는데 이유가 필요하더냐?"

"무슨 말씀이오?"

"비켜라."

"용건을 말하지 않으면……!"

그는 말을 하다말고 눈을 부릅떴다. 어느새 서호진이 그의 옆을 스쳐 벌써 저만치 멀어지고 있었다.

그는 급히 달려가 서호진의 어깨를 붙들었다.

"지금 뭐 하는 짓이오?"

사실 그로서는 자신에게 주어진 임무를 충실히 행하는 것뿐이었다. 하지만 지금 서호진은 그런 세부적인 상황까지 신경을 써주고 싶지가 않았다. 그저 짜증만 솟구쳤다.

콰직!

"으아악!"

남자는 부러진 손목을 잡고 바닥에 쓰러졌다. 그는 어떻게 자신의 손목이 부러졌는지도 깨닫지 못했다.

잠시 후, 사방에서 혈문의 무사들이 뛰어나왔다. 개중 몇몇은 서호진을 알아보았지만, 어디까지나 서 대인으로 여길 뿐이었다.

"무슨 짓이오!"

무인들은 호통을 치면서 서호진을 둘러쌌다. 굳이 숨기지 않고 살기를 풀풀 뿌려댔지만, 서호진은 조금도 동요하지 않았다. 아니, 오히려 코웃음을 쳤다.

"장로들이나 데려오너라."

그가 명했지만 누구 하나 따르는 이가 없었다.

하지만 굳이 필요는 없었다. 이 같은 소란을 듣고 이미 한 명의 장로가 나타난 것이다.

철혈적권 수원상. 그는 서호진을 보며 크게 놀란 표정을 지었다.

서호진이 그를 보며 말했다.

"연극은 필요 없다. 모든 계획이 수포로 돌아갔다. 거점을 옮길 테니 곧바로 떠날 준비를 하라. 오늘 밤에 북경을 나선다."

수원상은 마른침을 삼켰다. 자세한 사정이야 알 길이 없었지만 심상치 않은 일이 벌어졌음을 직감했다.

"존명!"

그는 고개를 숙이고 포권하며 우렁찬 소리로 대답했다. 영문을 모르는 다른 문원들은 모두 눈만 치켜뜨고 그를 바라보았다.

"아. 그리고 은령의 행방은 아직인가?"

"문주가……."

수원상은 습관적으로 그 호칭을 사용하다가 움찔하며 서호진의 눈치를 살폈다. 다행히 그는 별다른 반응을 보이지 않았다.

수원상이 조심스레 말을 이었다.

"발견했다고 전해 들었습니다만… 몇 시진 전부터 연락이 안 되고 있습니다."

"음."

서호진의 눈매가 씰룩거렸다. 더 이상 필요가 없으리라 생각해서 술법을 풀어버린 것이 후회가 되었다. 적월호는 분명 죽어버렸을 것이고, 혹시나 서은령이 잡혀 있었다 하더라도 빠져나갔을 것이다.

"제대로 되는 일이 없군. 따로 전력을 돌려서 은령의 행방도 알아내도록 해라. 아니, 거점의 이동보다 오히려 그쪽에 초점을 맞추어라. 은령을 찾는 것을 무엇보다도 최우선적으로 하란 말이다."

거대한 조직을 이끄는 수장의 명과는 조금 거리가 있었다. 그러나 반박을 할 수는 없었다.

"존명!"

수원상이 재차 포권하며 고개를 숙였다.

서호진은 그대로 몸을 돌려 걸어 나갔다.

"언제까지 도망을 다닐 테냐?"

그는 허공에 대고 혼잣말처럼 중얼거렸다. 그러다 문득
아주 오래전 기억이 살아났다.

그때도 그녀는 좀처럼 자신의 손아귀에 들어오지 않았
었다.

●

"음혼구귀초래법이라고?"

서진이 실소를 머금었다. 이름이 너무 터무니없게 느껴
졌던 까닭이었다.

게다가 지금의 그는 굳이 그런 것에 연연할 필요가 없
었다. 당금 무림에 있어 그의 상대가 될 만한 자들은 한
손으로 꼽아도 손가락이 남았다.

"왜 웃는 거죠?"

은령이 물었다. 새치름하게 눈매를 좁히는 그녀의 모습
은 놀랍도록 아름다웠다.

서진은 가득 솟아오른 흑심을 억눌렀다. 그가 입술을
축이며 말했다.

"아무것도 아니오."

"내 말을 믿지 않는 거죠?"

"그럴 리야 있겠소?"

서진이 능청을 떨며 반문했다.

은령은 그를 빤히 바라보다가 눈을 찡그리며 몸을 돌렸다.

"벌써 가시오?"

"더 이상 있을 이유가 없군요."

"이유는 얼마든지 만들 수 있을 터인데."

서진의 마지막 말에 대한 대답은 돌아오지 않았다. 은령은 그대로 자리를 떠났고, 서진은 그 뒷모습을 바라보며 얼굴을 씰룩거렸다.

그가 아수라는 청년을 만난 것은 삼 년 정도가 흐른 뒤였다.

"당신이 서진이오?"

그렇게 물은 것은 이제 겨우 서른 줄이 넘어가는 남자였다.

서진은 어처구니가 없어 일순간 아무런 대답도 하지 못했다. 아니, 자신을 부르는 게 맞는가 하는 생각도 들었다.

그러나 남자의 눈은 분명 자신을 향해 있었다.

"오냐. 본좌가 일원제황(一元帝皇)이다."

서진이 말했다.

남자는 입술을 비틀며 웃었다.

"일원제황은 얼어죽을."

서진이 자신의 귀를 의심한 것은 당연한 일이었다.

"사람들은 당금 무림의 천하제일인으로 댁을 꼽더군."

"허?"

"그렇다면 당신을 이기면 내가 천하제일인이 될 것 아니오?"

"그래. 가끔 가다가 이런 놈들이 나오게 마련이지. 그래도 네놈은 본좌가 본 놈들 중에서도 가장 버릇이 없는 놈이구나."

서진은 결국 웃음을 터트리고 말았다. 어이가 없어 나온 웃음에 불과했다.

남자가 인상을 찡그렸다. 분명 싸울 의사를 밝혔음에도 서진이 태평하기 그지없자 기분이 나빠진 것이다.

그는 더 이상 말로 하기보다는 행동을 보였다.

남자가 앞으로 발을 굴리며 손바닥을 뻗어냈다. 일견 느릿해 보였지만 그 중압감이란 실로 대단해서 서진으로써도 좀처럼 느껴보지 못한 것이었다.

서진은 깜짝 놀라며 저도 모르게 두어 걸음을 뒤로 물러섰다. 그러나 남자의 공격은 훨씬 앞에서 멈춰 있었다. 만약 그가 피하지 않았더라도 몸에 닿지 않았을 듯했다.

서진의 얼굴이 시뻘겋게 변했다. 그는 가까스로 평정을

가장하며 남자를 노려보았다.

"네놈의 이름은 무엇이냐?"

"아수라."

아수라가 비웃음을 흘리며 대답했다.

"들어본 적이 없는 이름인데. 하기야 본좌가 강호를 떠난 지도 십여 년이니."

"말이 기오."

아수라가 서진의 말을 끊었다.

서진도 더 이상은 화를 억누르지 않았다.

"오냐. 하늘 높은 줄 모르는 후학에게 가르침을 내리는 것 또한 선배가 할 일이지. 어디 멋대로 한번 덤벼보아라."

"큭!"

아수라가 짧은 웃음을 흘렸다.

다음 순간, 먼저 움직인 쪽은 서진이었다. 아수라의 오만방자함에 더 이상 참을 수가 없었던 것이다.

그는 습관적으로 허리춤의 검을 붙잡았지만 빼 들지는 않았다. 까마득한 후배를 상대로 병기까지 뽑기는 싫었던 것이다.

그는 대신 주먹을 내뻗었다.

단순한 움직임이지만 그 기세가 만만치 않았다. 아수라는 허리를 젖히며 공격을 흘려냈다.

서진은 거기까지 읽고 있었다는 듯 한 발 더 쇄도하며 반대쪽 팔꿈치를 휘둘렀다. 아수라는 한 손으로 공격을 받아냈다.

퍽!

큰소리와 함께 아수라의 신형이 비틀거렸다.

그 모든 것이 서진이 예상했던 대로의 상황이었다.

서진이 웃으며 크게 발을 굴렀다. 그 순간, 그의 신형이 여덟 개로 불어나며 팔방에서 아수라를 둘러쌌다.

여덟 명의 서진이 동시에 손을 치켜들고 아수라를 향해 내려치니 도저히 빠져나갈 길이 보이지가 않았다.

그때 아수라의 눈이 번뜩거렸다.

그리고 다음 순간 놀라운 일이 벌어졌다.

쾅!

커다란 폭발과 함께 서진이 뒤로 날아간 것이다.

"컥!"

그는 금세 자리에서 일어났지만 충격이 꽤나 큰 듯 옆구리를 붙잡고 휘청거렸다. 입 밖으로는 외마디 비명과 검은 핏덩이가 동시에 튀어나왔다.

아수라가 천천히 손을 거두어들였다. 서진의 옆구리에 일장을 적중시키기는 했지만 그 역시 공격을 완전히 피해 낸 것은 아니었다. 그 과정에서 서진의 수도에 왼쪽 어깨를 스치고 말았다. 말이 스쳤다는 것이지 삽시간에 한쪽

소매가 시뻘겋게 변해 버릴 정도로 상처가 깊었다.

서진의 두 눈은 충격으로 물들어 있었다. 그는 한순간 결투 중이었다는 사실조차 잊어버렸다.

"네놈… 대체 무슨 무공을 쓰는 것이냐?"

"음혼구귀초래법. 그리고 방금 보여준 것이 제일식 귀혼장이오."

"음혼구귀초래법?"

서진이 멍하니 그 이름을 되뇌었다. 어쩐지 그 이름이 귀에 익다고는 생각했지만, 어디서 들었는지는 좀처럼 기억이 나지 않았다.

아수라는 그가 생각을 떠올릴 때까지 느긋하게 기다려 주지 않았다.

그의 몸이 하늘로 솟아올랐다.

음혼구귀초래법(陰魂九鬼招來法) 제사식(第四式)
혼화각(混火脚)

서진은 눈앞에서 그의 발이 사라지는 듯한 착각을 받았다. 하지만 진짜로 사라졌을 리는 없었다. 그 증거로 반사적으로 끌어당긴 팔 위로 강렬한 충격이 쏟아졌다.

파파팍!

"크윽!"

서진이 비명을 삼키며 비틀거렸다.

아수라는 또다시 자세를 잡고 연이은 공격을 퍼부었다. 일권, 일장, 그 단순한 공격 하나하나가 모두 살아 있는 뱀처럼 느껴졌다. 서진이 공격을 흘리고 반격을 준비하려 하면 마치 그걸 노리기라도 했다는 듯이 엉뚱한 곳에서 권각이 나타나고는 했다.

그렇게 다시 이십여 초 동안의 일방적인 공방이 지나갔다.

서진은 이제 인정하지 않을 수가 없었다.

아수라의 무공은 그의 상식을 완전히 벗어나 있었다. 수십 년간 그가 익혀온 무공과 경험들은 지금 이 순간에는 도리어 독이 되어 그의 움직임을 제약했다.

서진은 화가 머리끝까지 치솟아 참을 수가 없었다. 지금 그의 손을 섞고 있는 자가 자신 인생의 반절도 살지 않은 새까만 후학임을 새삼 자각한 것이다.

그때 아수라가 발로 땅을 내려찍었다.

정체를 알 수 없는 수상한 기가 물씬 피어오르며 서진의 두 다리를 휘감았다.

아수라는 비틀거리는 서진에게 맹렬하게 달려들며, 귀혼장을 펼쳤다.

서진은 이를 악물었다. 그는 더 이상 피하지 않고 왼쪽 어깨를 완전히 내주었다.

이번에야말로 아수라는 그의 예상대로 움직였다. 귀혼장이 서진의 왼 어깨에 정통으로 적중한 것이다.

콰직!

서진이 발로 땅을 내려찍으며 버텨냈다. 뒤로 날아가지 않은 탓에 충격은 가중되었고, 어깨는 완전히 으스러졌다.

"크아악!"

그는 비명인지 괴성인지 모호한 것을 토해내며 멀쩡한 주먹을 내질렀다.

아수라가 눈을 부릅떴다. 그는 자신에게로 다가오는 살기의 선을 똑똑히 확인했다. 하지만 뻔히 보면서도 움직일 수가 없었다.

콰앙!

굉음과 함께 아수라의 몸이 맥없이 날아올랐다. 그는 큼지막한 나무에 처박힌 뒤 고개를 푹 숙인 채 더 이상 움직이지 않았다. 정신을 잃은 것이다.

"흐으……."

서진이 기괴한 웃음을 흘렸다.

결국에는 그가 이겼다. 그러나 과연 이런 걸 두고 승리라 부를 수 있단 말인가?

그는 완전히 으스러진 어깨를 움켜쥐고 비틀거리며 걸음을 옮겼다.

"크, 으하하. 으하하하!"

어느 순간에는 웃음이 터져 나왔다. 그 웃음의 의미는 본인 스스로도 알 수가 없었다.

◉

"사부님이 졌다는 겁니까?"

아환이 인상을 쓰면서 되물었다. 서은령은 그 치기 어린 질문에 그만 실소를 흘리고 말았다.

"굳이 따지자면 그렇다고 볼 수 있겠죠. 싸움의 시기가 일 년만 더 늦어졌더라도 결과는 완전히 달라졌겠지만……. 어쨌거나 그런 것은 별로 중요하지 않아요."

"그래서 그 다음은 어떻게 된 겁니까?"

"그는 비로소 음혼구귀초래법이 어떠한 것인지 깨닫게 된 것이죠. 정확히 말하자면 그가 본 것은 무공으로 변환된 혈천식의 음혼구귀초래법이긴 하지만 말이에요. 어쨌거나 그가 원한 것은 극한의 무(武). 그에게 있어 그런 위력은 충격적으로 다가왔을 거예요."

서은령이 말을 하며 옆을 힐끔거렸다. 초연은 무릎을 감싸고 앉아 가만히 말을 듣기만 하고 있었다. 딱히 대화에 끼어들 생각은 없어 보였다.

"이후에 그는… 연이를 만나게 되요."

서은령이 조심스럽게 말을 이었다.

"소저는?"

서진이 눈을 찡그리며 물었다. 오 년이라는 세월이 흐르기는 했지만, 기억 속 여인의 얼굴은 조금도 흐려지지 않고 선명하게 남아 있었다.

서진은 고개를 저으며 그녀를 바라보았다. 그녀는 서진이 찾고 있던 사람이 아니었다.

"본녀의 이름은 연. 당신이 원하는 것을 줄 수 있는 사람이죠."

연이 가볍게 한 발을 움직였다. 큼지막한 소맷자락이 바람에 나풀거렸다.

그녀의 나이는 기껏해야 약관으로밖에는 보이지가 않았다. 그러나 그 목소리와 어투에서는 자연스러운 위엄이 흘러나오고 있었다.

서진이 물었다.

"본좌가 원하는 게 무엇인지 알고 있는가?"

"음혼구귀초래법."

움찔.

서진이 눈에 띄게 동요했다. 그는 그 이름을 한시도 잊어본 적이 없었다.

과거 그 무공을 사용했던 자와 손을 섞었던 것도 벌써 이 년이 지났다. 그 시간은 그자에게는 혈천이라는 이름을 주었고, 서진에게는 왼팔을 완전히 앗아가 버렸다.

그는 텅 비어 있는 소맷자락을 움켜쥐었다. 뭉툭하게 변한 어깻죽지가 욱씬거리는 착각이 들었다.

"그 팔은 혈천에게 당한 건가요?"

갑작스러운 질문이었다.

서진은 입을 굳게 다물며 대답하지 않았다. 이상한 일이기는 했지만, 그와 아수라와의 대결은 세간에 알려지지 않았던 것이다.

연이 고개를 저었다.

"아무래도 상관없어요. 다만 이번 질문에는 꼭 답을 해 주어야겠어요."

"무언가?"

"당신의 목적은 무엇이죠?"

"본좌의 목적?"

"그래요."

"음혼구귀초래법이라고 이미 말했을 터인데."

서진이 눈을 찡그리며 말했다.

연은 피식 웃었다.

"왜 웃는가?"

"말귀가 어둡군요. 본녀는 지금 당신이 음혼구귀초래법

을 원하는 이유를 묻고 있는 겁니다."

"허……."

서진이 탄식을 지었다.

그는 스스로에게 다시 질문을 던져 보았다. 막연한 뜬구름처럼 모여 있던 것이 보다 또렷하게 형체를 가지며 응어리졌다.

"극한의 무. 인간을 뛰어넘은 무가 본좌가 목표로 하는 것이다."

연은 아무 말 없이 물끄러미 그를 바라보았다.

서진은 가슴이 답답해졌다. 어쩐지 그녀의 검은 눈동자가 자신을 꿰뚫어보는 듯한 느낌이 들었다.

그렇게 얼마나 시간이 지났을까?

마침내 연의 입이 열렸다.

"안 되겠군요."

그런데 그 내용이라는 것이 어처구니가 없었다.

서진은 사납게 눈을 치켜뜨며 그녀를 노려보았다.

"지금 본좌를 놀리는 것이냐?"

"당신도 혈천과 다를 것이 전혀 없군요. 오로지 무공에 대한 집착뿐이죠."

"그것이 뭐가 잘못이란 말이냐!"

"똑같은 도구라 할지라도 쓰는 사람에 따라서는 얼마든지 용도가 바뀔 수 있죠. 당신 같은 사람들에게는 음혼구귀초래법은 너무 위험해요."

"그 애송이는 그럼 무엇이냐? 방금 직접 말을 하지 않았더냐! 그 애송이와 본좌가 같다고!"

서진이 소리를 질렀다.

연이 쓸쓸한 표정을 지으며 그를 바라보았다. 서진은 그 두 눈에 담긴 것이 연민이라 생각했고, 그래서 더욱 분노했다.

"감히!"

서진이 노갈하며 연의 멱살을 향해 손을 뻗었다. 이미 그녀가 여인이라는 사실은 잊어버린 지 오래였다.

연은 전혀 움직이지 않았다.

팟!

그러나 다음 순간, 그녀의 모습이 순식간에 사라져 버렸다. 서진의 손은 허무하게 허공을 움켜쥐었다.

그는 당황하여 주위를 둘러보았다. 연의 모습은 그야말로 흔적도 없이 사라져 있었다.

팔랑.

그리고 하늘에서 무언가가 떨어졌다. 알 수 없는 붉은 문양이 그려진 한 장의 부적이었다.

"일원제황, 사람들이 본좌에게 붙인 이름이 바로 그것이다."

서진의 두 눈에서 핏발이 곤두섰다.

"그자와 사부님이 같다고 그랬습니까?"

아환이 굳은 얼굴로 질문했다.

서은령은 그를 마주보았다. 그의 심정을 알고 있다는 듯한 표정이었다.

"더 높은 무의 경지. 오로지 그것 하나만을 노리고 수단과 방법을 가리지 않는 성격은 두 사람 모두의 공통된 성격이었죠."

"……"

아환은 문득 삼 년 전의 기억이 되살아났다.

확실히 아수라는 생전에 선인이라고 부를 만한 사람은 아니었다. 아니, 보편적인 기준을 놓고 보자면 분명한 악인이었다.

그는 복잡한 심정에 두 손으로 얼굴을 쓸었다.

그러다 문득 한 가지 간과했던 사실이 떠올랐다. 사실은 그 무엇보다도 이상하고 중요한 점이기도 했다.

"두 소저의 사정은 이전에도 들었죠. 그렇다면… 그자는 뭡니까? 그자는 어떻게 삼백 년이라는 시간 동안, 그자 또한 두 소저와 비슷한 인간인 겁니까?"

"그럴 리가 없잖아요!"

이제까지 잠자코 듣고 있던 초연이 날카롭게 소리쳤다.

아환이 움찔거리며 봄을 떨었다. 서은령이 쓴웃음을 지으며 말을 이었다.

"음혼구귀초래법을 얻지 못한 그는… 스스로가 직접 그 힘을 손에 넣으려고 작정하죠."

"무슨 뜻입니까?"

아환이 눈살을 찡그리며 물었다. 이어진 그녀의 말은 꽤나 충격적인 것이었다.

"십대무존의 이야기는 들어봤나요?"

"사부님과 싸움을 했다고…."

"그 싸움을 계획한 사람이 그자예요. 그리고 그자는 서역에서 특이한 술법을 익혀와 혈천의 힘을 흡수해 버리죠."

"허어."

아환은 그저 탄식만 뿜었다. 그런 내용까지는 아수라에게도 들은 적이 없었다.

서은령이 다시 말했다.

"어쩌면 혈천은 그 사실을 몰랐을 수도 있어요. 확실한 것은 그는 이후에도 사이한 술법을 사용하며, 생을 연장시켜 왔다는 것이죠."

"술법……."

"네. 술법이죠. 그는 우리와는 확실하게 달라요. 전에 말했듯 우리는 환생에 가까운 개념이지만, 그자는 다른 자의 육신을 빼앗으며 삼백 년을 버텨온 것이죠."

"무슨 그런 어처구니가 없는……."

아환은 말을 채 끝맺지 못했다. 서은령은 더 이상 말을 하지 않고 그저 그를 바라보았다.

아환이 재차 탄식을 뱉었다. 사실 서은령과 초연의 존재, 아니, 훨씬 그 이전부터 자신의 삶은 세간의 상식을 벗어난 지 오래였던 것이다.

"아마 지금 그의 육신도 슬슬 한계에 부딪혔을 거예요. 새로운 육신을 바꾸는 일은 결코 간단한 과정이 아니니……. 어쩌면 이 시기가 우리에게는 적격일 수도 있어요."

한쪽에 앉아 있던 초연이 나직하게 그러나 또렷한 목소리로 말했다.

아환은 멍하니 타오르는 모닥불만 바라보았다. 머릿속이 너무 복잡하여 아무런 말을 할 수가 없었다.

"쿨럭."

서호진은 기침을 토해냈다. 그는 나무에 등을 기대 입을 가렸던 손바닥을 펴 보았다.

피가 흥건하게 묻어 있었다. 생기가 전혀 느껴지지 않는, 암적색의 피였다.

"이 몸도 슬슬 한계에 이른 건가?"

그가 혼자 중얼거리며 하늘로 고개를 들었다.

새까만 어둠 속 수없이 많은 별들이 빛을 뿜어내고 있었다.

"크, 크크크."

그는 기괴한 웃음을 흘렸다.

이 육신이 한계에 이르렀으면 새로운 육신을 찾아내면 될 일이다. 천하는 넓었고 사용할 몸은 밤하늘의 별 만큼이나 널려 있었다.

잠시 후, 누군가가 나타났다.

"하명하신 대로 마지막 조까지 모두 출발을 마쳤습니다."

그는 수원상이었다. 그러다 그는 서호진의 손에 피가 진득하게 묻어 있는 것을 발견하고는 몸을 떨었다.

서호진이 고개를 끄덕이며 말했다.

"수 장로."

"예."

"올해로 몇 살인가?"

"일흔 둘입니다."

수원상은 갑작스러운 질문에 의아함을 느끼며 대답했

다.

"늙었군. 그리 쓸모 있는 몸뚱이는 아니겠어."

서호진이 중얼거렸다.

수원상은 일순간 오싹한 느낌을 받았지만, 내색하지 않으며 머리를 조아렸다.

"그만 가보게."

서호진이 손을 저어 수원상을 보냈다.

혼자가 된 그는 다시 밤하늘로 시선을 돌렸다.

"본좌가 공을 들여 쌓은 탑을 일순간에 무너트렸으니, 합당한 보답을 해주어야겠지."

물론 상대방은 지금 그의 목소리를 들을 수 있을 리가 없었다. 그러나 머지않아 온몸으로 체감을 하게 될 것이다.

◉

철마장 마장호와의 추격전. 그 과정에서 생겨난 아환과의 오해. 개방 방주의 죽음과 신인 방주의 등극. 그리고 몇 차례에 걸친 혈문과의 대격돌.

일련의 사건들은 그 무엇 하나도 가벼이 여길 수 있는 것들이 없었다. 그런 사건들이 연이어 터졌으니, 온 강호가 들썩거리는 것도 무리가 아니었다.

그런 와중에 불이 붙은 강호에 기름을 들이붓는 것 같은 사건이 일어났다.

소림과 무당, 화산 등 구파의 주축이라고 할 수 있는 거대 문파들이 하루, 이틀 사이로 연이어 습격을 받은 것이다.

죽거나 다친 사람들이 수백에 이르렀고, 실종되어 행방이 묘연한 사람들도 십 수 명이 넘었다. 그리고 그들은 대부분 각 파에서 내로라하는 쟁쟁한 고수들이었다.

백도 무림 전체가 휘청거릴 정도라고 해도 과언이 아니었다.

그 과정에서 관아도 끼어들었다. 무림과 관아의 상호불가침이라는 암묵적인 약속을 깨어버리고 강호의 일에 적극적으로 개입을 시작한 것이다.

그런 일이 벌어진 배경에는 초강무가 입수한 장부가 큰 몫을 했다.

관부의 유력 인사들과 혈문과의 비밀 거래.

이 같은 사실은 황실에서조차 가슴을 쓸어내릴 정도로 섬뜩한 것이었다. 그리고 황실에서는 그 사건을 교훈 삼아, 앞으로는 무턱대고 강호의 일은 방관만 하지는 않으리라는 결심을 하게 된 것이다.

다른 곳처럼 명확한 형체가 존재하지 않는 개방이라고 예외가 될 수는 없었다.

거지 중에서 조금이라도 무공을 익힌 흔적이 보이게 되면 어김없이 관병이 따라붙었다. 지은 죄를 논하는 것은 일단 포박이 되어 끌려간 다음이었다.

"어떻게 할 겁니까, 방주?"

육장로의 물음에 소야는 쉽게 대답하지 못했다.

관아의 시선이 곱지 않으니 그 영향이 일반 백성들에게도 미치는 모양이었다. 사람들이 거지를 보는 눈길이 전과는 확연하게 달랐고, 그것은 곧 야박한 인심으로 이어졌다.

이대로라면 굶어 죽을 판이다.

그 문제를 놓고 거지들이 고심한다면 웃기게 들릴 수도 있는 일이지만, 몇 백 년이 넘는 개방의 역사 동안 이런 사건은 처음이었다.

"소림과 화산, 무당은 어떻습니까? 흉수는 찾았다고 합니까?"

소야가 한숨을 내쉬며 화제를 돌렸다.

육장로는 그것이 불만이었지만 순순히 답을 해주었다.

"흉수야 달리 있겠습니까. 혈문의 잔당이 거의 확실하겠지요."

"혈문의 잔당이라……."

"혈문주의 사체까지 본방에서 직접 확인하지 않았습니

까?"

육장로가 말했다. 그의 말은 사실이었다. 열흘 정도 전, 개방의 방도가 북경 내에서 시신을 발견해 낸 것이다. 어느 정도 부패가 있기는 했지만 얼굴을 확인하기에는 무리가 없었다.

"하지만 그렇게 구심점을 잃어버린 잔당들이 소림과 화산, 무당을 공격했다는 겁니까?

그 말에는 육장로도 섣불리 대답하지 못했다.

그때 다른 거지 하나가 다급히 뛰어들어 왔다. 그는 숨을 헐떡거렸고 육장로는 심기가 불편한 눈으로 그를 바라보았다.

"무슨 일이냐?"

"큰일입니다. 헉, 헉."

"큰일이겠지. 그래, 어느 놈이 또 구걸하다가 잡혀가기라도 했느냐?"

육장로의 목소리는 꽤나 날카로웠다. 계속되는 악재로 신경이 한껏 곤두서 있던 까닭이다.

거지는 고개를 저었다.

"그런 게 아닙니다."

"천천히 이야기해 보시오."

"화, 황실에서……."

그 단어가 나오는 순간 소야는 물론 육장로도 긴장된

표정을 지었다.

그러나 이어지는 말은 더욱 충격적이었다.

"닷새 뒤의 공개 처형을 발표했습니다. 그리고 이것은 처형자 명단입니다."

그가 주섬거리며 방문을 꺼내 들었다.

소야는 그것을 받아들고 눈앞에서 펼쳤다.

"황실을 우습게 여기고 백성들을 현혹하며 민심을 교란한 죄……."

그는 거기까지 글을 읽은 뒤 거칠게 방문을 구겨 버렸다.

방문에 적혀 있는 이름은 마흔 명이 훌쩍 넘었다. 대부분은 혈문의 무인들이었지만, 백도 무림의 무인들도 적지 않았다. 물론 그 안에는 개방의 방도 또한 포함되어 있었다.

　　　　　　　　　　◉

수원상은 걸음을 멈추고 앞을 바라보았다.

서호진은 나무에 기대고 앉아 눈을 감고 있었다. 요 며칠 사이 들어서 그는 부쩍 저런 식으로 명상을 하는 시간이 늘어났다.

전날, 수원상은 서호진이 피를 토하는 모습도 볼 수가

있었다. 비록 우연하게 본 장면이었고, 서호진은 별것도 아닌 척을 했지만 그 장면은 좀처럼 그의 뇌리에서 사라지지 않았다.

수원상은 움직이지 않았다. 좀 더 다가서야 할까, 그를 불러야 할까.

잠깐 망설이고 있는 사이 서호진이 눈을 떴다.

"수 장로. 무슨 일인가?"

"문주님께 여쭈고 싶은 것이 있습니다."

"물어보게."

서호진이 담담하게 대꾸하며 앞을 보았다. 그 두 눈을 마주하는 순간 수원상은 저도 모르게 부르르 몸을 떨었다. 오싹한 한기가 등을 타고 올라왔다.

수원상은 마른침을 삼켰다. 그러나 긴장은 풀어지지 않았다.

그가 조심스럽게 운을 뗐다.

"문주님께서 원하시는 것은 무엇입니까?"

"내가 원하는 것?"

의외의 질문이라는 듯 서호진이 고개를 갸웃거렸다.

수원상이 고개를 숙이며 말했다.

"솔직히 말씀드리면 본문은 지금 큰 위기를 맞고 있습니다. 게다가 새로운 본거지도 찾지 못한 이런 상황에서 백도 무림을 공격하다니……. 과정에서 죽고 다친 문도가 태반입니다. 이대로라면 본문이 다시 일어설 최소한의 힘마저 모두 잃어버리게 될 것입니다."

그는 말을 하면서 서호진의 눈치를 살폈다. 다행히 별다른 노기가 보이거나 하지는 않았다.

수원상이 조심스럽게 말을 이었다.

"그리고 황실 명으로 방이 붙었습니다."

"흐음?"

서호진은 흥미로운 표정을 지으며 손을 내밀었다. 수원상이 주춤거리며 방문을 건넸다.

서호진이 방을 펼쳐 들고 내용을 살펴보았다. 공개 처형을 알리는 글과 함께 사형수 명단이 나와 있었다. 여러 정파의 문파들을 습격하던 중 실종되었던 수많은 혈문의 문도들 이름도 그곳에 있었다.

별안간 그의 입가로 미소가 번져 갔다.

수원상은 일순간 스스로의 눈을 의심했다. 어떤 식으로 보더라도 지금은 전혀 웃을 상황이 아니었다.

"좋군."

서호진이 중얼거렸다.

수원상은 눈을 휘둥그렇게 뜨며 그를 바라보았다.

"문주님?"

"그만 가보게."

"그럴 수는 없습니다."

"그럴 수는 없다?"

서호진이 가볍게 눈살을 찌푸렸다.

수원상은 다시 한 번 오싹한 느낌에 몸을 떨었지만 뒤로 물러나지는 않았다.

"무슨 생각을 하고 계시는 겁니까?"

"무슨 생각이라……."

서호진이 말을 하다말고 갑자기 비틀거렸다. 그는 스스로의 가슴을 움켜쥐었다가, 허리를 굽히며 격렬하게 기침을 토해냈다.

"컥! 커헉!"

기침과 함께 진득한 피가 한 바가지나 쏟아졌다.

수원상은 당황하여 아무런 반응도 보이지 못했다. 잠시 후, 기침 소리가 잦아들었다.

서호진은 파리해진 얼굴로 수원상을 바라보았다.

"바로 지금 내 생각을 듣고 싶은가?"

"예?"

"이 몸뚱이는 더 이상 쓰지 못하겠다는 것이네."

"무슨? 헉!"

수원상이 헛바람을 집어삼켰다. 서호진의 신형이 휘청거리는 듯하더니 다음 순간 코앞으로 다가와 있었던 것이다.

서호진의 손바닥이 다가왔다.

온몸을 옥죄어 오는 진득한 살기에 수원상은 더 이상 이성적인 판단을 할 수가 없었다. 오로지 수십 년간 쌓아 온 무인으로서의 경험만을 가지고 반사적으로 움직였다.

그는 서호진의 손 반대편으로 몸을 돌리고 그대로 한 바퀴를 더 돌면서 주먹을 내질렀다.

맹룡권.

오늘날까지 그의 목숨을 붙어 있게 해준 최고의 절기가 펼쳐졌다.

파앙!

그러나 결과는 허무했다. 그의 주먹이 허공을 때리며 가벼운 바람 소리만 울려 퍼졌다.

"아······."

수원상은 완전히 맥이 빠져 버렸다. 설마 하니 스치지도 않을 것이라고는 생각하지 못했다.

그런 그의 얼굴 위로 서호진의 손바닥이 내려앉았다.

"본좌를 위해 수 장로가 해줄 수 있는 마지막 일이니 영광으로 여겨도 좋네."

서호진의 목소리가 흘러나왔다.

그 직후였다.

"끅!"

수원상의 입 밖으로 단말마의 신음이 흘러나왔다. 서호진의 손바닥에서부터 마치 그의 얼굴을 뭉개버릴 듯이 어마어마한 기운이 뿜어졌다.

"끄으으!"

서호진의 손가락 사이로 드러난 수원상의 두 눈에서 검은 눈동자가 사라졌다.

수원상이 몸을 부들부들 떨었다. 연신 신음이 흘러나오고, 어느 순간부터는 입가로 허연 거품이 생겨나기 시작했다.

서호진의 얼굴은 시퍼런 힘줄이 거미줄처럼 돋아나, 이미 인간의 형상으로 보기가 어려웠다. 수원상의 얼굴을 덮은 손등 위에서는 마치 거품처럼 살갗이 부글거리며 솟아올랐다.

"으… 으으으……."

수원상이 내뱉은 신음 소리는 점점 더 줄어들고 있었다. 반면, 그 아래에 축 늘어져 있던 그의 손이 조금씩 위로 움직였다.

턱.

수원상의 손이 그의 어깨보다 더 높이 올라갔다.

"크……."

서호진이 기괴한 웃음을 흘렸다.

그 찰나의 순간, 수원상은 남아 있는 모든 힘을 다해 자신의 머리를 내려쳤다.

퍼엉!

부글거리고 있던 서호진의 손등이 그 충격에 의해 아예 폭발을 일으켰다. 피부가 찢어지고, 뼛조각이 튀어 올랐다.

"크아아아아!"

누구의 것인지 모를 처절한 비명 소리가 하늘을 가득 채웠다.

밤이 점점 깊어졌다.

서호진과 수원상은 같이 쓰러져 꼼짝도 하지 않았다.

마침내 움직임을 보인 사람은 서호진이었다. 그는 천천히 일어나 자신의 몸을 둘러보더니 잔뜩 얼굴을 찌푸렸다.

"크으으……."

원래라면 지금 그의 몸은 수원상의 것으로 바뀌어 있어야 했다.

그러나 술법은 실패를 해버렸다. 수원상이 죽어가며 부린 마지막 한 수에 크게 타격을 입은 탓이었다.

그때 아래쪽에서 소란이 일어났다. 몇 차례의 굉음이 들려오고 비명 소리가 계속해서 이어졌다. 누군가가 아래에 모여 있는 혈문의 문도들과 싸움을 하고 있는 것이다.

서호진이 눈을 찡그렸다.

"쿨럭!"

그러다 그가 피를 토해냈다.

그는 참을 수 없을 만큼 짜증이 솟아났다. 술법의 실패로 인하여 그 육신은 더욱 망가져 있었다. 이제는 한시가 급하게 새로운 육체를 찾아야 했다.

이런 식으로 술법을 두 번이나 연거푸 사용하게 되면, 그 후유증이 클 것은 자명했다. 그러나 다른 선택의 여지가 없었다.

문제는 새로운 육신은 어디에서 찾아내느냐 하는 것이었다.

콰쾅!

밑에서 재차 굉음이 일었다. 그것을 끝으로 더 이상의 소란은 들려오지 않았다.

싸움이 종결된 듯했다. 그것이 혈문의 문도들의 승리인지, 다른 침입자의 승리인지는 아직 알 수 없었다.

잠시 후, 누군가가 위로 올라왔다.

"흥. 별것도 아닌 놈들이 본좌에게 덤벼들다니. 그나저나 여기는 대체 어디야? 누님들도 안 보이고, 소 형제는 또 어디로 간 거야?"

그는 잔뜩 심통이 난 목소리로 연신 투덜거렸다. 말투만 들어서는 영락없는 십대의 소년 같았지만, 외견은 정반대였다. 그는 백발 머리가 무성했고, 수염도 더부룩하게 자라 있었다.

"음?"

서호진이 그를 보며 눈을 찌푸렸다. 어쩐지 그의 얼굴이 낯이 익은 느낌이 들었던 것이다.

"너는 뭐 하는 놈이냐?"

"본좌의 이름은 계무득이다. 그러는 너는 뭐 하는 놈이냐? 너도 아래에 있던 놈들처럼 혼나고 싶지 않다면 얼른 정체를 밝혀라. 그렇지 않으면 본좌가 혼내주겠다."

계무득은 당당하게 서호진을 노려보며 소리쳤다.

그의 이름을 듣는 순간, 서호진은 짙은 미소를 지었다.

"오랜만이구나, 계무득."

"응? 본좌를 알아?"

계무득이 고개를 갸웃거렸다. 그는 어둠 속에서 서호진의 얼굴을 기웃거리며 점점 앞으로 다가섰다.

두 사람의 거리가 그야말로 지척이 되었을 때였다.

"으, 으악!"

계무득이 별안간 비명을 질렀다.

"사부님이다!"

"이제 알겠느냐?"

"아, 아니에요! 본좌는 아무런 잘못도 하지 않았어요. 사부님, 용서해 주세요!"

계무득이 다시 소리치며 제자리에서 방방 뛰었다. 그는 무척이나 당황한 듯 제자리에서 좌우로 빙빙 몸을 돌렸다. 그 행동은 일견 초조한 것처럼 보이기도 했고, 서호진을 무서워하는 것처럼 보이기도 했다.

"거기 앉아보아라."

"여, 여기예요? 그, 그냥 서 있으면 안 되나요?"

"앉아라."

서호진이 스산한 목소리로 말을 반복했다.

계무득은 움찔거리면서 자리에 무릎을 꿇고 앉았다.

서호진의 미소가 더욱 짙어졌다.

계무득은 꼼짝도 하지 않고 앉아 있었다. 그의 얼굴 위로, 서호진의 손바닥이 천천히 다가왔다.

얼마나 시간이 지났을까.

그곳에 또 다른 사람이 한 명 나타났다. 10대의 외모에 오른쪽 눈에는 안대를 차고 있었다.

마장호는 두리번거리며 올라오다가, 앞의 상황을 발견하고는 자리에 멈추어 섰다.

"이건……."

그의 앞에는 세 사람이 쓰러져 있었다. 그는 그 세 명 모두를 알고 있었다.

그중에서 한 명만이 움찔거리더니 천천히 몸을 일으켰다.

"계무득?"

마장호가 중얼거렸다.

백발노인은 아무런 대답도 없이 기괴한 미소를 지어보였다.

"오랜만이군, 마 총관."

그가 입을 열었다.

마장호는 그제야 무슨 일이 벌어진 것인지 확실하게 깨달을 수 있었다. 그자가 또다시 새로운 육신을 얻은 것이다.

"안 본 사이에 많이 변하셨소이다?"

마장호가 억지로 웃었다.

서호진은 천천히 제 몸을 둘러보며, 두 팔을 들어보았다. 그는 두 주먹을 쥐어보기도 했고, 허공에 손바닥을 두어 차례 저어보기도 했다.

"형편없는 실패작이라고만 생각했는데… 생각보다 상태가 좋구나."

서호진이 혼잣말처럼 중얼거렸다.

다음 순간, 그에게서 어마어마한 기운이 흘러나오며 온 사방을 가득 채웠다.

마장호는 완전 질려 버렸다. 그동안의 필사적인 수련으로 어느 정도는 그에게 가까워졌다 생각했지만, 모든 것이 한낱 착각에 불과했다. 지금 눈앞에 있는 자는 도저히 넘을 수 없는 태산이 되어 마장호의 앞을 가로막고 있었다.

"마침 잘 왔네, 마 총관. 안 그래도 그대를 찾아야 했었
는데."

서호진이 한 발을 내디뎠다. 마장호는 저도 모르게 한
발을 물러섰고, 그런 스스로의 모습에 이를 악물었다.

"마지막으로 부탁 한 가지만 들어주게나."

서호진이 웃으며 말했다.

第二十六章
종국에는 모두가

"그놈은 어디에 있나?"

마침내 진석이 입을 열었다. 잔뜩 쉰 목소리에 쇠 긁는 듯한 소리까지 섞여들었지만, 오히려 그 탓에 더욱 섬뜩하게 들렸다.

아환은 아무런 대답을 하지 못했다.

그때 옆에서 초연이 천천히 일어났다. 그녀의 발치에는 알 수 없는 그림이 그려져 있고, 돌멩이들이 특이한 모양을 이루며 늘어서 있었다.

"이제야 그의 목적을 알겠군요."

초연이 눈을 찡그리며 입을 열었다.

진석과 아환은 물론, 서은령까지도 다소 놀란 표정을

지으며 그녀를 돌아보았다.

"그자는 지금 부적을 그리고 있어요."

"부적?"

서은령이 되물었다.

초연은 고개를 끄덕이며 말을 이었다.

"그래, 부적. 피로 된 부적이지. 무당이나, 화산, 소림을 습격한 것은 그들이 구파의 핵심 전력이라서가 아니야. 그들이 마침 그 자리에 있었던 것뿐이지."

"아니, 대체 무슨 부적이라는 겁니까? 무슨 목적으로?"

"신선이라도 되려는 거겠죠."

서은령은 이제야 알겠다는 듯 고개를 끄덕이며 말을 꺼냈다.

초연은 그런 그녀를 보며 싸늘하게 코웃음을 쳤다.

"신선은 무슨 그런 게 신선이야? 사선(邪仙)이지. 웃기지도 않아. 그 짓거리들이 모두 사선이 되기 위함이었다고?"

"그놈은 어디에 있소?"

진석에게는 지금 다른 것은 전혀 중요하지 않은 듯했다. 그는 한층 더 음산해진 목소리로 초연을 보며 물었다.

초연이 한숨을 쉬며 고개를 저었다.

"지금은 알 수 없어요."

"지금은?"

그녀의 말에서 묘한 어폐를 느끼며 아환이 되물었다.

"모든 것은 북경을 중심으로 벌어졌어요. 그리고 앞으로 나흘 뒤. 관아에서 공시한 공개 처형이 실행되면… 부적이 완성되겠죠."

"그럼 그때?"

"그리로 오겠죠."

"으음."

아환이 신음을 삼켰다.

사실 당면한 상황 자체는 무척이나 간단했다. 이제 그들은 서호진이 나타날 장소도 알았고, 그 시기도 알고 있었다.

하지만.

아환은 복잡한 심정으로 옆을 힐끔거렸다.

진석의 얼굴은 차갑게 식어 있었다. 이미 그는 마음의 결정을 내린 듯이 보였다.

사흘.

일견 길게 느껴지는 시간이기도 했지만, 마지막 결전을 준비하기에는 꼭 그렇지만도 않았다.

진석은 그 기간 동안 혼자서 수련에 몰두했다. 평생을 사용해 온 오른팔을 버리고 이제는 왼팔 하나만으로 무공을 사용해야 하는 것이다.

초연과 서은령은 부적도 사용해 보고 까마귀도 날려 보내면서 계무득의 행방을 찾으려 했다. 그가 있다면 분명 든든한 전력이 되어줄 테지만 마지막까지도 그들은 그를 찾을 수가 없었다.

아환은 가부좌를 틀고서 거의 모든 시간 동안 명상에 잠겼다.

그는 주로 아수라와의 기억을 떠올렸다.

[힘들 것 같으면 포기하고, 네놈의 삶을 살아라.]

아수라는 그렇게 말을 했었다.

아환은 쓴웃음을 지었다. 사실 그러고 싶은 마음이 없지는 않았다. 그러나 그러려면 훨씬 이전에 결정을 했어야 했다. 이제 다시 돌아가기에는 너무 멀리 돌아와 버렸다.

"그래도 이제 대충 다 끝나 갑니다."

아환은 눈을 뜨고서 하늘을 올려다보며 말했다. 동쪽 하늘에서부터 해가 조금씩 모습을 드러내고 있었다.

이제 움직일 때가 된 것이다.

할 일은 명확했지만 누구도 그 결과를 확신할 수는 없었다.

아환 일행은 아무 말도 없이 그저 걸었다. 그러다가 멀리 성문이 모습을 드러낸 즈음이었다.

아환이 움찔하며 걸음을 멈추었다. 낯이 익은 얼굴 하

나가 눈앞에 나타난 탓이었다.

"마장호… 아직도 살아 있었느냐?"

아환이 이를 갈았다. 이전에 돌무더기가 무너져 내릴 때야말로 틀림없이 죽었으리라 생각하고 있었던 것이다.

마장호는 씩 웃었고 진석은 부들부들 몸을 떨었다.

"그놈은?"

진석이 으르렁거리며 물었다. 지금 그에게 마장호는 눈에 들어오지도 않았다. 목표는 오로지 단 한 사람, 서호진 뿐이었다.

마장호가 능청스레 대꾸했다.

"네놈은 덩치만큼이나 질긴 목숨이로구나. 팔 하나는 어쩌다가 잃어버렸느냐?"

"그놈은 어디에 있나?"

"하… 네놈이 그를 찾아내서 무얼 하려느냐? 자결을 할 생각이면 저기 바위에 머리를 들이받는 것이 더 빠를 것이다."

"닥쳐라!"

마장호의 말은 구구절절 옳았기에 진석은 더욱 분노할 수밖에 없었다. 그것은 차라리 혼자 살아남은 자신에 대한 분노였다.

그는 괴성을 지르며 앞으로 달려들었다. 그는 온 힘을 끌어 올리며 태어나서 처음으로 왼 주먹만을 사용하여 무공을 펼쳤다.

콰앙!

어마어마한 충격이 천지를 뒤흔들었다. 마장호의 장이 진석의 뭉툭한 어깨에 적중했다.

"크아아악!"

사람들은 눈앞의 광경에 경악했다. 단 한 번의 공격으로 진석의 오른쪽 어깨 부근이 폭발해 버렸다.

진석은 그대로 쓰러졌다. 그의 몸에서 흘러나온 핏물이 작은 내를 이루었다.

"네, 네놈!"

아환은 분노로 몸을 떨었다. 한편으로는 놀랍기도 했다. 이전에 그가 보아온 마장호의 철마장은 저 정도의 위력까지는 아니었던 것이다.

하지만 마장호는 태연했다. 그는 오히려 크게 웃음을 터트렸다.

"으하하하! 결국은 이런 것이구나. 그래, 그런 것이다. 그래서 모든 이들이 음혼구귀초래법을 탐내는 것이겠지."

"뭐?"

"오냐. 그렇다면 나도 그렇게 해주마. 평생을 노력해도 한순간의 기연을 따라갈 수가 없다면 차라리 나도 그렇게 해주겠다는 말이다!"

그런 마장호의 모습은 이때까지와는 조금 달랐다. 죽을

때까지도 여전할 것 같던 오만한 자신감이 보이지 않았다.

"그대는 패배자로군요."

서은령이 한마디를 던졌다.

"닥쳐라!"

마장호는 대갈하며 그녀에게 달려들었다. 철마장이 맹렬한 기세로 뻗어나갔지만 그녀에게 닿지는 못했다.

아환이 앞을 막아선 것이다.

파앙!

철마장과 귀혼장이 부딪혔다.

아환이 놀라며 뒷걸음질을 쳤다. 직접 손을 섞어보니 그 위력은 눈으로 본 것 이상이었다.

마장호는 숨 쉴 틈을 주지 않고 연거푸 공격을 몰아쳤다.

그의 공격은 확실히 매서웠고, 위력은 이전과 비교할 바가 아니었다.

그러나 어째서인지 시간이 흐를수록 아환의 움직임이 보다 자연스럽게 이어지기 시작했다. 마장호의 공격은 번번이 허공에서 빗나갔고 그 빈틈을 노리며 아환의 장이 파고들었다.

그러다가 마침내 귀혼장이 마장호의 팔 위에 정통으로 적중했다.

펑!

마장호는 땅에 기다란 선을 남기며 뒤로 밀려 나갔다.

"이⋯⋯!"

참을 수 없는 분노로 마장호가 전신을 부들부들 떨었다.

그때 무언가가 그의 머리를 붙들었다.

어느새 진석이 그의 등 뒤를 점했던 것이다. 그는 왼손만으로 마장호의 머리를 움켜쥐고 그대로 옆으로 집어 던졌다.

마장호는 요란한 소리를 내며 땅바닥을 뒹굴었다. 실질적인 충격은 거의 없었지만, 그는 너무나 어처구니가 없어 일어날 생각조차 하지 못했다.

"이 녀석은 무인의 혼을 팔아넘긴 놈 따위에게 쓰러질 약골이 아니다."

평소답지 않게 말이 긴 것은 논외로 두고서라도, 지금 그의 말은 어딘가 이상했다. 뿐만 아니다. 그의 전신에서 느껴지는 분위기도 어쩐지 평소와는 달랐다.

너덜너덜하게 뜯겨 나갔던 오른쪽 어깨에서는 피가 완전히 아물어 있었다. 그리고 짙은 귀기가 그의 전신을 두르고 있었다.

아환이 두 눈을 크게 떴다. 그는 진석의 뒤에서 다른 한 사람을 보았다.

그는 상현자 태을이었다.

진석의 몸이 움직였다. 그리고 그가 아니, 태을이 말했다.

"재미있는 기술을 쓰는 녀석이야. 후후. 다시 육신을 움직일 수 있을 거라고는 꿈에도 생각지 못했는데."

그의 말을 듣고서 아환과 서은령, 초연은 사태의 전말을 깨달았다.

천령중혼현현술(天靈衆魂現顯術)!

진석이 사용하는 그 무공 아니, 그 술법은 언젠가 말했듯 강령술의 일종이었다. 말인 즉, 일종의 귀신을 몸에 싣는 것이니 태을이 들어오게 된 것도 불가능은 아니었다.

그제야 마장호가 자리에서 일어섰다.

그 같은 사정을 알 리 없는 그는 그저 부리부리한 눈으로 태을을 노려보기만 했다.

"네놈… 그 덩치가 아니구나. 다른 놈이야."

"상현자라는 이름은 들어 보았느냐?"

태을이 빙긋 웃었다.

마장호는 깜짝 놀랐다가 반신반의하는 표정을 지었다.

"오너라. 이렇게 된 것도 다 인연이겠지. 네 녀석에게 한 수 가르침을 내려준 뒤에 이승을 떠나야겠다."

태을은 마장호를 향해 말한 뒤, 아환을 힐끔 돌아보았다.

"네놈은 무얼 하고 있느냐? 다른 할 일이 있지 않았던

가?"

"아……."

"가보아라."

태을의 어조는 무척이나 평화로웠다.

아환은 잠깐 망설였지만, 그에게 깊게 읍을 하고는 초연과 서은령을 이끌며 자리를 떠났다.

마장호도 가만히 지켜보고 있지만 않았다. 그는 노한 표정으로 아환의 뒤를 향해 몸을 날렸다.

그러나 그는 곧바로 멈추어서고 말았다. 어느새 태을이 그 앞으로 나타나 있었던 것이다.

"잘못된 후학을 바른 길로 인도하는 것 또한 도가 아니겠는가."

태을이 웃으며 말했다.

마장호는 괴성을 토해내며 전력으로 철마장을 시전했다.

거대한 단상이 마련되었다. 이번의 공개 처형을 위하여 특별히 제작된 장소였다.

그 위에는 삼십 명 정도 되는 강호인들이 묶여 있었다. 좌우로는 관병들이 즐비하게 늘어섰고, 구경을 하기 위해 몰려온 민중들이 그 앞을 채웠다.

"방주."

육장로가 조그맣게 중얼거렸다.

소야는 입술을 꾹 깨물고 단상 위를 노려보았다. 그곳에는 개방의 문도들도 있었다.

이제는 시간이 없었다.

한 관리 하나가 기다란 두루마리를 펼쳐 죄인들의 이름과 죄목을 낭독하기 시작했다. 그 일이 끝나고 나면 그 다음은 망나니들의 순서였다.

"방주."

육장로가 다시 그를 불렀다.

소야의 주먹 아래로 피가 한 방울 떨어졌다. 손톱이 살갗을 파고든 것이다.

"우리는……."

마침내 소야가 입을 열었다.

"이 일에 더 이상 관여하지 않습니다."

"예?"

육장로가 놀라며 소리쳤다. 그만큼 소야의 결정은 의외였다.

물론 개방이라는 거대한 곳의 수장으로서는 타당한 결정일 수도 있었다. 몇 명의 문도를 구하기 위하여 수천, 수만의 문도를 위험해 빠트릴 수는 없었다. 자칫하면 황

실, 관부와 엮이게 될 수도 있었기에 위험 부담이 너무 컸
다.

그러나 그 같은 결정을 내린 사람이 소야라는 점이 놀
라웠다.

육장로는 조심스럽게 그의 눈치를 살폈다. 소야의 두
눈에는 죄책감과 분노 등이 혼재되어 있었지만, 얼굴은 비
장하기 그지없었다.

육장로는 주위를 둘러보았다.

곳곳에 그가 아는 얼굴들이 보였다. 백도 무림의 곳곳
에서 나온 인사들로 모두가 하나같이 소야와 비슷한 표정
을 짓고 있었다.

아마 그들 역시도 나서지 못할 것이다.

그들은 너무 무력했다. 육장로는 강호에 출두한 이후,
처음으로 자신들이 보잘것없는 존재임을 깨달았다.

◉

"후……."

태을이 힘없는 웃음을 뱉었다. 그는 휘청거리며 근처의
나무에 몸을 기대고 제 가슴을 내려다보았다.

가슴에는 시꺼먼 손자국이 남아 있었다. 철마장의 흔적
이었다.

"정말 대단한 무공이로군. 심장이 상해 버렸으니, 더 이상은 나도 무리겠구먼. 뭐, 그렇지 않더라도 워낙 상해 있었던 몸뚱이라 기껏해야 몇 시진 차이겠지만."

그가 능청스레 말했다. 이미 한 번 귀신이 되었던 전례가 있었던 탓인지 죽음을 앞두고서도 그리 당황하는 기색이 아니었다.

오히려 마장호 쪽이 더 이상해 보였다. 그는 노기가 머리끝까지 차오른 표정으로 태을을 노려보았다.

"무슨 생각이냐?"

"응?"

"지금 이 몸을 가지고 노는 것이냐?"

"그렇게 보이던가?"

태을이 되물었다. 마장호는 이를 부득부득 갈았고, 태을은 전혀 엉뚱한 말을 꺼냈다.

"무얼 두려워 하고 있는 것인가?"

"뭐?"

"통재라… 아깝구나, 정말로. 허허."

"헛소리는 집어 치워라."

"오냐, 그렇다면 네가 좋아하는 쪽으로 해주마. 덤벼보아라. 내 저승으로 돌아가기 전, 마지막 가르침을 내려주도록 하마."

마장호는 쌍심지를 곤두세웠다. 태을의 말 하나, 하나가 모두 그의 마음에 들지 않았다.

그는 손속에 사정을 봐줄 생각이 없었다. 태을에게 달려가며 지금까지보다 더욱 강렬하게 철마장을 내뻗었다.

콰직!

그러나 그의 장에 맞고 꺾인 것은 태을이 기대고 있었던 나무였다.

"闕!"

마장호가 입술을 깨물며 급히 태을의 행방을 찾았다.

"위다."

목소리는 위에서 들려왔다.

마장호는 반사적으로 고개를 치켜 올렸고, 깜짝 놀라며 몸을 떨었다.

태산이 그를 향해 떨어지고 있었다.

일순간 숨이 턱 막혔다. 마장호는 죽음을 직감했다. 도저히 피할 구석도, 막을 방법도 떠오르지 않았다.

그는 자신의 몸이 튕겨 날아가는 것을 느끼며 차라리 눈을 감아버렸다.

콰콰쾅!

얼마나 시간이 흐른 것인지 짐작할 수가 없었다.

마장호가 처음 눈을 뜨고 한 생각은 '살아 있다' 라는 것이었다.

그리고 다음 순간 그는 몸을 일으키다가 그대로 굳어
버렸다.

그를 중심으로 반경 십 장 정도의 큰 원 안에 온전히
남은 것이라고는 전혀 보이지 않았다. 그가 살아 있는 이
유는 단 한 가지밖에 없었다.

태을이 손속에 사정을 둔 것이다.

"빌어먹을 늙은이……."

마장호가 중얼거렸다. 그런데 어째서인지 다음 순간에
는 웃음이 터져 나왔다.

"큭… 크크. 크하하하하!"

◉

아환 일행은 죽립을 깊게 눌러쓰고 군중의 거의 가장자
리에 자리를 잡았다.

"부적이 완성되면 그때는 늦어요. 처형을 막아야 해요."

초연이 낮은 목소리로 속삭였다.

아환도 그 의견 자체에는 동의했다. 하지만 문제는 방
법이었다.

"좋은 수가 있습니까?"

아환이 물었다.

서은령은 고개를 흔들었고, 초연은 고개를 끄덕였다.

"처형을 중단시킬 수는 있을 거예요."

"초 소저가 말입니까?"

"하지만 거기까지가 전부죠. 그 이후에는 분명 그자가 나올 거예요. 그때는 어떻게 할 생각이죠?"

"그때는……."

아환은 잠깐 망설였다. 하지만 이것 역시도 방법의 문제였지, 목표는 간단했다.

"어떻게든 막아야죠."

그가 머리를 긁적이며 답했다.

그 대책 없는 답변에 초연이 눈살을 찌푸렸다. 그러나 남은 시간은 많지 않았다. 이제 앞의 단상에서는 망나니가 거대한 칼을 들고 춤을 추기 시작했다.

초연은 품속에서 부적을 한 뭉치 꺼내들었다. 그리고 무어라고 중얼거림과 동시에, 저절로 부적 뭉치가 타들어갔다. 끝 부분부터 재로 바스러지며 바람을 타고 날아올랐다.

단상에서 칼춤을 추던 망나니가 별안간 크게 몸을 떨며 멈추어 섰다.

갑자기 주위가 어두컴컴하게 변한 것이다.

"어어, 뭐지?"

"갑자기 왜 이래?"

구경꾼들 사이에서 웅성거림이 일어났다. 하늘에는 분

명히 태양이 존재했지만 그 힘을 잃어버린 듯 빛이 나오
지 않았다.

"허……."

아환 역시도 어처구니가 없었다. 초연의 도력이 범상치
않은 것이야 진즉 알고 있었던 사실이다. 하지만 그 위력
이 하늘의 태양에까지 미칠 정도라니!

그런 아환의 마음을 읽기라도 했는지, 초연이 실소하며
말했다.

"눈속임이니까 놀랄 필요 없어요."

"눈속임?"

아환은 더욱 황당한 표정이 되어서 중얼거렸다. 도저히
믿기가 어려웠던 것이다.

서은령은 고개를 끄덕이며 작은 자루를 풀었다. 그녀는
백색의 가루를 한줌 꺼내고, 훅 불면서 바람에 날려 보냈
다.

희미한 꽃향기 같은 것이 났다.

그 가루가 무슨 작용이라도 일으켰던지, 주위의 소란이
더욱 심해졌다.

초연은 그걸 보면서 희미하게 웃음 지었다. 조금은 걱
정도 했지만 술법은 훌륭하게 성공했다.

그녀는 휘청거리며 자리에 주저앉았다. 아환이 깜짝 놀
라며 소리를 냈고, 그녀는 손을 들어 괜찮다는 표시를 대

신했다. 무리한 술법의 운용에 전신의 힘이 모두 빠져 버린 탓이다. 그리고 그녀는 그대로 정신을 잃었다.

"무, 무슨 일이야?"

"하늘이 노하셨다!"

"으아악! 얼른 집으로 돌아가!"

급기야는 여기저기서 비명이 터져 나왔다.

다급해진 것은 조정의 관리였다.

"으윽! 무얼 하고 있느냐? 별것도 아닌 일에 놀랄 필요 없다! 얼른 죄인들의 목을 쳐라!"

그가 세차게 고함을 질렀다.

망나니는 퍼뜩 정신을 차렸다. 그는 불안한 눈길로 하늘을 한번 올려다보고는 조심스럽게 검을 들고 첫 번째 죄수를 향해 걸어갔다.

"얼른 형을 집행하라!"

관리가 재차 소리쳤다.

망나니는 움찔거리며 눈앞의 죄수를 바라보았다. 그자는 분노에 가득한 눈으로 망나니를 쏘아보고 있었다.

망나니는 섣불리 움직이지 못했다. 영 기분이 께름칙했던 것이다.

그러던 중 문득 희미한 만리향 향기 같은 것이 났다.

두근. 두근.

망나니의 심박이 빨라지고 호흡이 가빠졌다.

"으……."

알 수 없는 불안과 공포 속에서 망나니는 저도 모르게
신음 소리를 냈다.

"무얼 하느냐!"

관리의 호통 소리에도 망나니는 움직이지 못했다.

그때였다.

"무엇이 그리 두려우냐?"

바로 귓가에서 낯선 목소리가 들려왔다.

망나니가 깜짝 놀라며 몸을 돌렸다. 백발이 무성한 노
인이 그의 옆에 나타나 있었다.

"방해를 하겠다면 나도 그냥 보고 있을 수는 없는 노릇
아니더냐."

그는 빙긋 웃으며 손을 들었다.

퍼엉!

망나니는 무슨 일이 일어난 것인지 이해할 수가 없었
다. 자신의 몸이 하늘로 붕 떠오르는 것을 느꼈고 관리가
무어라고 비명을 질러대는 듯했다.

그 직후, 그의 몸뚱이는 완전히 두 동강이 나서 바닥을
뒹굴었다.

"으아아아악!"

"괴물이다!"

주위는 더욱 아수라장이 되었다. 사람들은 비명을 지르

고 서로를 밀치며 달려 나갔다.

노인은 그런 곳과는 다른 세상에 포함되어 있는 듯했다. 그는 아주 평화로워 보이는 걸음걸이로 죄수에게 다가섰다.

"죽어라."

나지막한 읊조림. 그리고 그가 가볍게 손을 들어 죄수의 머리를 내려쳤다.

퍼컥!

섬뜩한 소리와 함께 머리가 그대로 폭발을 일으켰다. 죄수의 몸뚱이가 바르르 경련했고, 머리가 있던 자리에서는 피가 분수처럼 솟아올랐다.

다른 죄수들은 삽시간에 경악에 휩싸였다. 지금까지 죽음에 달관한 듯한 자세를 보이던 자들까지도 한껏 겁에 질려서 거칠게 숨을 몰아쉬었다.

노인이 다음 죄수에게 다가섰다.

그 순간 아환이 단상으로 날아들었다.

"멈춰라!"

그는 고함을 지르며 주위에 자욱한 어둠을 가르며 앞으로 내달렸다.

흐릿하게 사람의 모습이 드러났다.

아환은 한껏 기를 모으며 손을 뻗었다. 그러나 마지막 순간에 깜짝 놀라며 급히 멈추어 섰다.

그는 얼이 빠진 표정을 하고서 눈앞의 노인을 바라보았다.

"계 어르신?"

아환이 중얼거렸다.

계무득은 웃음을 지으며 그에게 다가섰다.

"아니, 계속 찾고 있었는데… 계 어르신, 어떻게 된 겁니까?"

"어떻게라……."

계무득이 말끝을 흐렸다. 그는 아환을 향해 천천히 손을 들었다. 아환은 우두커니 서서 자신에게 다가오는 손바닥을 지켜보았다.

"피해요!"

뒤쪽에서 서은령의 외침이 들려왔다.

"예?"

아환이 반사적으로 뒤를 돌아보았고 계무득의 손바닥은 그의 가슴에 와 닿았다.

쾅!

폭음과 함께 어마어마한 충격이 아환을 뒤흔들었다. 그는 거의 단상 끝까지 날아가 쓰러졌다.

"컥!"

아환이 비명을 삼키며 억지로 몸을 일으켰다. 온 세상이 멋대로 뒤흔들리며 아찔한 기분이 들었다. 정신을 잃지 않은 것이 신기할 정도였다.

계무득, 아니, 서호진은 그 사이 두 번째 죄수에게 걸어 갔다. 그는 묶여 있는 죄수 앞에서 손을 들고 그대로 내려 쳤다.

콰직!

조금 전과 똑같이 머리가 깨져 나가고 그는 그대로 절 명해 버렸다. 사람 목숨 하나가 사라지기에는 허무할 정도 로 짧은 시간이었다.

아환은 이를 악물며 정신을 다잡았다. 아직까지 사태의 전말을 완전히 파악할 수는 없었지만 한 가지만은 확신이 섰다.

눈앞의 노인은 계무득이 아니었다.

"멈추라고 말했다."

아환이 다시 한 번 말했다.

서호진이 그를 돌아보고는 눈살을 찌푸렸다.

"귀찮게 하지 말고 그만 누워 있거라. 더 이상 네놈에 게 볼일은 없으니."

"부적을 만들려는 속셈이냐?"

"호… 알고 있구나. 그 아이가 말을 해준 것이냐?"

그 아이란 서은령과 초연 둘 중의 한 명일 것이다. 그러 나 어느 쪽이라도 중요하지 않았다.

아환은 다시 무어라 말을 하려고 했다.

그러나 서호진의 움직임이 조금 더 빨랐다. 그는 옆으로 성큼 움직여 묶여 있는 사람에게 손을 내려쳤다.

콰직!

세 번째의 죽음 또한 너무나 허무했다.

"그만두라고 했지 않느냐!"

아환이 고함을 토해내며 앞으로 뛰어 나갔다. 그는 거의 본능에 가까운 움직임으로 귀혼장을 펼쳤다.

서호진 역시 몸을 비틀며 마주 장을 뻗었다.

콰쾅!

큰 폭발이 일었다. 그러나 뒤로 밀려난 사람은 아환 혼자였다.

"생각보다 훨씬 쓸 만한 몸이로군. 이 정도까지는 예상하지 않았었는데."

서호진은 흡족한 웃음을 지었다.

아환은 어깨를 움켜쥐었다. 저릿한 통증이 좀처럼 사라지지가 않았다.

상대는 강했다. 깊이를 짐작하기가 어려울 정도였다. 오히려 그 탓에 아환은 웃고 말았다. 너무 어처구니가 없어 현실감이 들지 않았던 것이다.

"한 가지만 물어보자."

아환이 말했다.

서호진은 대답 대신 옆으로 걸어갔다. 그리고 손을 들

어 올리고 내려쳤다.

콰직!

또 하나의 머리가 터져 나갔다. 이제 단상에 흐르는 핏물은 작은 개울이 되어 있었다.

"이런 식으로 신선, 아니, 사선이 되려는 목적이 대체 무엇이냐?"

아환이 물었다. 서호진은 잠시 걸음을 멈추고 고개를 돌렸다.

"신선이 되려는 목적?"

그가 실소했다. 마치 당연한 것을 왜 물어보느냐는 듯이.

"인간 중에서 불로불사를 원하지 않는 자가 있더냐?"

"뭐?"

"모든 것이 변화하고 늙어 가는 것을 영원히 지켜본다면 얼마나 재미가 있겠나. 그것이야말로 만물을 초월한 절대자. 즉, 본좌는 이 세계의 신이 되는 것이다."

"어처구니없는 개소리군."

"그렇게 생각하느냐?"

서호진이 빙긋 웃었다.

콰직!

그리고 다섯 번째의 희생자.

다음 순간, 작은 변화가 일었다. 땅 깊은 곳에서 웅웅거리는 진동이 생겨나고 주위의 공기가 사방으로 휘몰아쳤다. 그리고 여러 가지의 기운들이 잔뜩 뒤섞인 채로 멋대로 들끓었다.

부적의 완성이 점점 가까워지고 있었다.

서호진은 미소를 지었고 아환은 이를 악물었다. 더 지켜보고 있을 수는 없었다.

아환이 다시 달려들었다.

서호진은 발을 내리찍으며 앞으로 정권을 뻗어냈다. 소림의 절기인 백보신권이었다.

퍽!

아환의 몸이 뒤로 떠올랐다.

그는 맥없이 날아가며 눈으로 서호진의 모습을 좇았다. 그는 태연하게 또 다른 죄수를 향해 움직이고 있었다.

털썩.

아환이 떨어진 곳은 단상 밖이었다.

툭. 투툭.

하늘에서 빗방울이 떨어지며 그의 뺨을 두드렸다. 이것만은 환상이 아닌 진짜였다. 그러나 아환은 그 마저도 자각하지 못했다.

모든 것이 너무나 허무하기만 했다.

동시에 자신이 대체 무엇을 하고 있는 건가 하는 생각도 들었다.

온몸에서 격심한 통증이 몰려왔다. 이대로 눈을 감으면 모든 것이 편해질 것만 같았다.

[네놈의 목표는 무엇이냐?]

불현듯 목소리가 들려왔다.

아환이 움찔거리며 눈을 떴다. 누군가의 등이 눈앞에 나타나 있었다. 그 등은 왜소했고 피투성이가 되어 엉망이었지만, 어째서인지 무척이나 거대해 보였다.

"사부님?"

"누가 네놈의 사부라는 거냐?"

그는 뒤도 돌아보지 않고서 퉁명스레 대꾸했다. 아환은 그 목소리만으로도 정체를 알 수 있었다.

"마장호?"

"큭. 어린놈이 끝까지 맞먹으려고 드는구나."

"……."

"상현자도, 계무득도, 그리고 네놈도. 정말로 마음에 들지 않는다."

"마찬가지다."

아환은 몽롱한 의식 속에서도 맞받아쳤다.

마장호가 피식 웃었다. 그는 여전히 등을 보이고 있었지만 아환은 꼭 그런 느낌이 들었다.

"이 몸의 목표가 무엇인지 물었더냐?"

그는 앞으로 성큼 나섰다.

서호진은 막 아홉 명째의 목숨을 거두어들이던 참이었다. 그가 마장호를 보며 싸늘한 조소를 지었다.

"마 총관? 꼴이 말이 아니군."

"좀 그렇게 됐군요."

마장호가 히죽 웃으며 안대를 풀었다. 그는 두 눈으로 서호진을 노려보았다.

"지켜보게나. 이제 곧 본좌가 세상의 신이 될 예정이니."

"안 그래도 그것 때문에 달려왔습니다."

"그런가?"

"아무리 생각해도 그 꼴은 못 봐줄 거 같아서 말이오."

마장호의 말투가 변했다.

서호진이 눈살을 찌푸렸고 마장호는 크게 심호흡을 했다. 이미 그곳은 부적이 절반 정도는 완성되어 천계와 기운이 이어지기 시작했다. 그것은 서호진에게도 영향을 미쳤지만 마장호에게도 역시 작용했다.

마장호는 그야말로 전신 전력을 끌어 올렸다. 한 수로 충분했다. 그 이후의 일은 생각할 이유도 없었고 힘을 남겨둘 필요도 없었다.

"이런. 마 총관, 정신이 이상해지기라도 한 모양이군."

"그 반대겠지. 이제야 처음부터 내가 무얼 원했었는지가 명확해졌소이다."

"그래? 그게 무언가?"

서호진이 비릿한 웃음과 함께 물었다.

마장호는 대답 대신 몸을 움직였다. 그의 신형이 앞으로 주욱 미끄러지며 손바닥이 뻗어 나갔다.

그 동작은 지극히 단순한 것이었다. 하지만 그 위세는 천하를 집어삼킬 듯했다.

쿠콰콰콰쾅!

기의 폭풍이 휘몰아치고 터져 나갔다. 하늘이 찢어지고 땅이 미친 듯이 울부짖었다.

얼마 후, 어둠으로 물들었던 세상에 환한 빛이 찾아들었다. 마장호의 일격에 주위를 감쌌던 환영까지 날아 가버린 것이다.

주위의 풍경은 완전히 뒤바뀌어 있었다. 높다란 단상은 산산조각으로 조각나고 부서졌다. 땅이 움푹 파이고 나무들이 날아갔으며 근처의 건물들이 무너져 내렸다. 묶여 있던 죄수들은 물론, 근처에 남아 있던 일반인들까지도 일시에 숨이 끊어져 버렸다.

마장호 역시도 마찬가지였다. 그는 순식간에 새하얗게 변해 버린 머리를 하고서 웃었다.

"첫 번째는 인간의 무를 뛰어넘는 것. 그리고 두 번째는……."

마장호가 입을 열었다. 서호진은 만신창이가 된 모습으

로 두 눈에 핏발을 가득 세우고 마장호를 노려보았다.

"당신에게 한 방 먹여주는 것이었소. 그래도 성공했으
니 다행이군."

그는 히죽 웃은 뒤 앞으로 쓰러졌다.

그야말로 스스로의 생명까지 몽땅 불살라 버린 최후의
한 수였던 것이다.

"이, 이!"

서호진이 입술을 깨물고 비틀거렸다.

모든 것이 끝나 버렸다. 완성을 코앞에 두고 있던 부적
은 최후에 가서 어이가 없게 파훼되고 말았다. 더욱 충격
적인 것은 마지막에 마장호가 보여주었던 수였다.

그것이야말로 그가 바라오던 경지. 인간을 뛰어넘은 무
였다.

아환은 비틀거리며 일어나 쓰러진 마장호를 내려다보았
다. 그는 숨이 끊어져 있었지만 얼굴에 그려진 것은 분명
한 미소였다.

"뭐가 좋다고 웃고 있는 것이냐?"

아환이 저도 모르게 질문을 던졌다.

당연히 마장호는 대답하지 못했다. 대신 반응을 보인
이는 서호진이었다.

"모두 죽여 버리겠다!"

그는 광분하며 앞으로 달렸다.

제대로 된 형식도 없이 두 주먹이 막무가내로 아환을 향해 날아들었다. 하지만 그 위력마저 우습게 여길 수는 없었다.

아환은 있는 힘을 다해 마주 손을 뻗었다.

퍽!

그의 손바닥에 서호진의 주먹이 부딪혔다. 묵직한 충격이 어깨를 타고 온몸으로 퍼져 나갔다.

아환은 휘청거리며 이를 악물었다. 아까의 어마어마한 일격을 받고 전신이 피투성이가 되어서도 이런 위력의 공격을 한다는 사실에 어이가 없었다.

서호진이 재차 공격을 퍼부었다.

아환은 세차게 발을 굴렀다.

음혼구귀초래법(陰魂九鬼招來法) 제삼식(第三式)
귀형보(鬼熒步)

콰콰콰!

귀기가 폭사하며 서호진의 몸을 뒤흔들었다. 하지만 그 이상의 효과는 없었다. 그는 곧바로 허리를 퉁겨 올리며 주먹을 휘둘렀다.

콰!

아환이 두 팔을 교차시키며 주먹을 받아냈다. 그는 일

장 정도 뒤로 주르륵 밀려났다.

서호진이 앞으로 움직였다.

턱.

그때 그의 발을 누군가가 잡아챘다. 아니, 정확히는 그가 무언가에 걸린 것이다.

마장호의 사체였다.

일순간 서호진이 허우적거리며 마장호의 두 눈을 마주 보았다. 죽은 마장호가 마치 자신을 비웃는 듯한 착각이 들었다.

"감히!"

서호진이 하늘을 보며 노성을 토해냈다. 그러나 더 이상 말은 이어지지 않았다.

서늘한 예기가 그의 목에 와 닿았다.

"이제 그만하죠."

어느새 서은령이 그 옆으로 다가서 짧은 비수로 서호진의 목을 겨누고 있었다.

"처음부터 이것이 목적이었나요?"

서은령이 물었다.

서호진은 입을 다물고 그녀를 노려보았다. 그녀는 서글픈 표정을 지었다. 비수는 여전히 그의 목에 닿아 있는 상태였다.

"당신의 부질없는 욕망을 위해서 모두를 희생시키는 것

이 당신의 목적인 건가요?"

"부질없는? 지금 부질없다고 말을 했느냐, 나의 딸아?"

"아이를 납치해 온 주제에 아비 행사까지 하려고 드는 건가요? 다시는 그렇게 부르지 않았으면 좋겠군요. 게다가 계무득의 몸을 하고서……."

서은령의 목소리에 은은한 노기가 스며들었다.

서호진은 웃었다.

"유한의 존재가 불멸을 꿈꾸는 것이 어찌하여 부질없다고 말을 하느냐? 이룰 수 없는 꿈이라면 헛되겠지만, 능력이 있다면 말이 다르지 않으냐?"

"끝이 있기에 존재가 더욱 가치를 가지는 법이죠. 길거리의 돌멩이에게 존경을 표하는 이가 있던가요?"

"하하하! 네가 그런 말을 하고 있으니 우습구나. 인세에서 한 발자국 비켜선 불멸에 한없이 가까운 존재여."

"아무것도 모르면서 멋대로 지껄이지 말아요."

꾸욱.

비수의 끝이 서호진의 목을 살짝 파고들었다. 새빨간 피가 조금씩 흘러나왔다.

서호진이 두 손을 부들부들 떨다가 이내 몸을 축 늘어트렸다.

"그래. 어디 한번 찔러보아라."

그가 모든 것을 체념한 듯 실소를 지었다.

서은령은 한동안 움직이지 않고 그를 노려보았다. 서호진의 몰골은 그야말로 처참했다. 온몸이 상처투성이고, 지금도 피가 줄줄 흘러내리고 있어 언제 쓰러져도 이상할 것이 없어 보였다.

"삼백 년간의 긴 악연 그만 끝내도록 하죠."

서은령은 마음을 결정하며 크게 숨을 내쉬었다.

그 찰나 서호진의 손이 움직였다. 그는 몸을 빙글 돌리며 서은령의 팔을 쳐냈고 그대로 그녀의 얼굴을 향해 손을 뻗었다.

그러나 이번에는 아환이 그를 막아섰다.

그는 서호진의 손목을 낚아챘다. 서로 간에 힘을 주는 듯 두 팔이 허공에서 부르르 떨렸지만 그 이상의 움직임은 없었다.

"네놈!"

"피를 너무 흘렸나 봐? 아까보다 힘이 많이 떨어졌는데?"

"삼백 년 동안 치졸해졌군요."

아환이 이죽거리고 넘어졌던 서은령이 일어서며 한마디를 거들었다.

서호진의 두 눈에서 불똥이 튀었다.

"크흐!"

하지만 오히려 그 입에서 튀어나온 것은 웃음이었다.

아환이 가볍게 어깨를 으쓱거렸다.

"미쳤느냐?"

"아마 그런 모양이다."

"응?"

"본좌가 이 세상을 떠나게 되더라도 네놈들만은 모두 죽이고 가야겠다."

"허. 곧 죽을 것 같은 놈이 허풍은. 어디 해볼 수 있으면……."

아환의 말이 채 끝나기도 전이었다. 서호진은 마치 보라는 듯이 왼손을 움직였다.

뜻밖의 기습에 아환은 잡고 있던 손을 놓으며 반대쪽 손바닥을 마주 뻗었다.

쾅!

묵직한 충격과 함께 아환은 뒤로 날아갔다. 벌써 몇 번째 바닥을 뒹구는 것인지 셀 수도 없었다.

그런데 그 위력이 너무 놀라웠다. 분명 만신창이가 된 모습이었는데 오히려 위력은 이전보다 더욱 강해져 있었다.

"젠장! 대체 몇 번을 쓰러지는 거야?"

아환이 욕설을 토해내며 일어섰다.

그제야 그는 이유를 알 수가 있었다. 서호진의 주위로 짙은 귀기가 피어올랐다. 그것은 분명 서호진의 혼백 자체에서 흘러나오는 것일 터. 그는 자신의 말대로 정말 스스로의 혼을 불사르고 있었다.

아환은 마른침을 삼켰다.

문득 그의 시야 한구석에 마장호의 시신이 들어왔다.

이전에 그는 그런 말을 했었다. 얼떨결에 얻은 기연으로 평생을 수련한 자신과 동수를 이룬다고.

"쳇!"

아환은 저도 모르게 실소했다.

마장호의 말은 틀렸다. 아무리 생각해 봐도 그는 마지막 마장호가 보여주었던 한 수를 따라갈 자신이 없었다.

서호진이 한 발을 내디뎠다. 그의 몸 주위의 귀기가 더욱 짙어지며 사방을 에워쌌다. 서은령은 아예 호흡조차 곤란해진 듯 괴로워 하며 비틀거렸다.

아환 역시도 잔뜩 귀기를 끌어올리며 그를 노려보았다.

이길 수 있을까?

아니, 이어지는 한 수를 막을 수나 있을까?

그는 스스로에게 질문을 던졌다. 무엇 하나 확신은 서지 않았다. 그러나 그가 선택할 수 없는 길은 하나밖에 없었다.

"오냐, 그래. 네가 죽나 내가 죽나 해보자."

아환이 입술을 핥으며 말할 때였다.

욱씬.

"윽!"

별안간 오른쪽 눈에서 통증이 느껴졌다. 마치 불에 데기라도 한 듯 눈이 타들어 가듯이 아파 왔다.

"크으윽!"

그는 거의 쥐어뜯다시피 오른쪽 눈을 움켜쥐었다.

주위에 자욱하게 들어선 귀기 탓이었다. 음혼구귀초래법의 성취가 수준에 오르기는 했지만, 서호진이 뿜어내는 귀기는 그것으로도 감당이 안 될 만큼 벅찼다.

머리가 어찔거렸다. 통증은 점점 더 심해져서 차라리 눈이 뽑히는 게 나을 거라는 생각마저 들었다.

서호진이 성큼 다가서며 한 손으로 아환의 목을 움켜쥐었다.

"컥!"

"괴로우냐?"

그는 한 손으로 아환의 몸을 들어 올렸다. 두 발이 땅에서 떨어진 뒤부터는 아환은 숨도 쉴 수가 없었다.

"끄으……."

숨이 막힌다.

눈이 타들어 가고 머리가 깨질 듯이 아프다.

"죽…여……."

아환이 힘겹게 소리를 냈다. 차라리 죽는 게 훨씬 편할 것 같았다.

"하압!"

그때 서은령이 기합을 지르며 달려들었다.

서호진은 아환의 몸뚱이를 옆으로 집어 던지고 그녀를 향해 몸을 돌렸다.

서은령의 공격은 허무하게 막혀 버렸다. 서호진이 그녀의 손목을 낚아챘고 그대로 옆으로 꺾어버렸다.

콰득!

"아아악!"

그는 비명을 지르는 서은령의 배에 주먹을 꽂아 넣었다.

퍽!

이번에는 비명조차 나오지 않았다. 서은령은 바닥에 쓰러져 몸을 뒤틀었다.

서호진은 히죽 웃으며 그녀에게 다가섰다. 그가 천천히 발을 들어 올렸다.

"크아악!"

별안간 아환의 고함 소리가 터져 나왔다. 아니, 차라리 비명에 가까웠다.

그는 거의 이성을 잃어버렸다. 주위의 귀기가 폭포수처럼 그의 오른쪽 눈을 타고 밀려들어 왔다. 오히려 서호진이 뿜어내는 귀기가 그에게 흡수되고 있는 것이다.

이제까지 한 번도 경험해 보지 못한 어마어마한 힘이

밀려들어 왔다. 그와 함께 단전이 터져 나갈 듯이 들끓고, 귀기의 문이 되는 눈은 뜨겁다 못해 이제는 아무것도 보이지 않았다.

서호진의 얼굴이 꿈틀거리며 귀신의 형상으로 바뀌었다.

콰직!

그리고 그의 발이 내려찍혔다. 서은령의 왼쪽 가슴이 그대로 으깨어졌다.

"으아아아아!"

동시에 아환이 포효하며 달려들었다.

그의 두 눈은 눈동자가 뒤집혀 흰자위만 번뜩거렸고, 오른쪽 눈에서는 시뻘건 피가 줄줄 흘러내리고 있었다.

그가 손을 들어 올렸다.

음혼구귀초래법(陰魂九鬼招來法) 제일식(第一式)
귀혼장(鬼混掌)

모든 것의 시발점이 되었던 무공이 다시 한 번 펼쳐졌다.

콰콰콰!

돌풍이 일어나고 우레가 울렸다.

콰콰쾅!

하늘이 무너지고 땅이 솟구치던 그 순간, 아환은 쓰러져 있던 서은령과 눈이 마주쳤다.

마지막 숨이 넘어가기 직전 그녀는 희미하게 웃으며 입술을 움직였다. 그것이 멋대로 조각난 아환의 기억 속에 남아 있던 마지막 장면이었다.

終章

"이쯤이면 되었을 거예요."

초연이 말했다. 아환과 그녀는 걸음을 멈추고 뒤를 돌아보았다.

저 멀리 아래로 흐릿한 지평선이 보이고, 그 한쪽에 북경성이 보였다.

아환은 잠시 주위를 훑어보았지만 딱히 관군이나 다른 여타의 추격자 등은 보이지 않았다.

어찌 보면 당연했다. 여타의 무림 문파는 물론이고 관군들 역시도 그런 사건의 뒤처리를 하려면 족히 한 달은 걸릴 것이다.

"함을……."

그녀가 다시 말했다. 목소리에는 생기가 완전히 사라져 있었다.

아환은 대답을 하지 않고 주춤거리며 품에서 작은 함 하나를 꺼냈다.

초연이 그것을 받아 뚜껑을 열었다. 안에는 고운 재가 들어 있었다.

그녀는 재를 손에 쥐고 펴보았다.

고작해야 한 움큼이었다. 그 마저도 살랑거리는 바람이 불자 힘없이 허공으로 날아오르며 금세 사라져 버렸다.

아환은 멍하니 그 광경을 지켜보았다.

그는 저도 모르게 주먹을 쥐었다. 모든 것이 희뿌연 안 개에 가려 있는 듯했지만 마지막 귀혼장의 감촉은 확실하 게 남아 있었다. 그리고 서은령의 뜻 모를 미소와 파리하 던 입술 역시도.

그녀는 무슨 말을 하려고 했던 것일까?

"미안해요."

초연이 불쑥 말을 꺼냈다.

아환은 얼떨떨한 표정을 지으며 그녀를 바라보았다. 초 연이 희미한 미소를 지었다. 아환의 기억 속에 어렴풋하게 남아 있던 서은령의 미소와 똑같았다.

"생각해 보면 혈천도 당신도 결국은 우리의 업에 휘말 린 것이나 마찬가지겠군요."

"……."

"아마 그녀 역시도 그 말을 하고 싶었을 거예요."

아환이 움찔거렸다.

'미안해요.'

희미하게 웃으며 입술을 움직이던 서은령. 어쩐지 지금에서야 귓가로 그 목소리가 들려오는 듯했다.

"그 눈은 이제 정말로 보이지 않게 되었군요."

초연의 목소리에 아환이 정신을 차렸다. 그는 반사적으로 오른쪽 눈을 더듬었다. 한동안 벗고 있었던 탓인지, 안대의 감촉이 퍽 낯설었다.

"어차피 이쪽이 더 익숙하니까 별문제는 없습니다."

아환이 쓰게 웃었다.

한참의 침묵 뒤 초연이 천천히 입을 열었다.

"그럼."

그녀는 보일 듯 말 듯하게 고개를 꾸벅여 인사하고는 그대로 몸을 돌렸다.

"아, 저기……."

아환이 급히 소리쳤다.

초연이 한 걸음을 내딛던 자세로 멈추었다. 아환은 한참을 머뭇거렸다. 일단 부르긴 했는데, 무슨 말을 해야 할지 스스로도 알 수가 없었던 것이다.

"우리는 다시 만나는 겁니까?"

한참 후에 아환이 질문을 던졌다. 어색하기 짝이 없는 질문이었지만 하는 쪽도 듣는 쪽도 크게 신경 쓰지 않았다.

　"글쎄요."

　초연의 대답은 그 한마디였다. 그리고 그녀는 다시 걸어가기 시작했다.

　아환은 더 이상 아무 말도 않고서 그저 멀어지는 초연의 뒷모습만 바라보았다.

〈『귀환무적』 完〉

귀환무적

1판 1쇄 찍음 2009년 10월 10일
1판 1쇄 펴냄 2009년 10월 13일

지은이 | 금 훈
펴낸이 | 정 필
펴낸곳 | 도서출판 **뿔미디어**

기획, 편집 | 김대식, 허경란, 장상수, 권지영, 심재영, 장보라
관리, 영업 | 김미영
출력 | 예컴
본문, 표지 인쇄 | 광문인쇄소
제본 | 성보제책사

출판등록 | 2002년 9월 11일 (제1081-1-132호)
주소 | 부천시 원미구 중3동 1058-2 중동프라자 402호 (우)420-023
전화 | 032)651-6513 / 팩스 032)651-6094
E-mail | BBULMEDIA@paran.com

값 8,000원

ISBN 978-89-6359-216-9 04810
ISBN 978-89-6359-154-4 04810 (세트)

마도기갑전기 FLLERME

플레르메

풍령인 판타지 장편 소설

기간테스(Gigantes)
— 거대함, 거인약, a giant, a Titan; a colossus"

① n, 거대한 인간, 형용할 수 없는 인간
② adj, 무자비한, 모든 것을 부술
③ N~NU 군사 용어 : 전투 육전병기

방심하지 마라!
새로운 시작은 또 다른 과거이다!

불꽃이 이어다 준 염화의 향기가 그들을 감싸는 날
그는 에메르크(Emerc, 기간테스의 파일럿)가 되었고
위대한 전설이 시작되었다.

쥬라빌 디에스(Juravil Dies), 맹세의 날
역사는 그곳에서 다시 쓰인다!

4권 발행 예정